수상한 아빠

수상한 아빠

◆
최은준 단편동화

좋은땅

차례

1

수상한 아빠

우리 동네 버스 종점 근처에는 꽤 유명한 돈가스 가게가 하나 있다. 그 '수상한 돈가스'는 늘 손님들로 가득 찼다. 주말 점심시간에는 몇십 분은 서서 기다려야 먹을 수 있는 곳이었다.

그 정도로 맛집? 글쎄, 그건 나도 모르겠다. 하지만 그곳의 왕돈가스는 정말 크기가 컸다. 얇고 바사삭하게 튀긴 고기에 고소한 소스가 곁들여진 왕돈가스는 아빠 얼굴보다 커서 나와 아빠가 함께 먹어야 겨우 다 먹을 수 있는 양이었다.

아빠는 사십 대 중반, 나는 초등학교 4학년 남자. 우리도 먹는 건 어디 안 뒤지는 부자였지만 그 수상한 돈가스의 왕돈가스는 정말 '왕'이었다.

몇 주 전. 아빠는 퇴근길에 왕돈가스 하나를 포장해 왔는데, 그날 아빠의 표정이 수상했다. 돈가스를 거의 먹지도 않고 뭔가 고민이 있는 표정으로 이따금 한숨을 쉬기도 했다. 그러더니 아빠는 이틀에 한 번씩 그 집 돈가스를 포장해 왔다.

"또?"

"맛있잖아."

"아빠, 아무리 그래도 이틀에 한 번씩은 아닌 거 같아."

"지우, 너는 살이 더 쪄야 해. 고기를 매일 먹어야 키도 쑥쑥 크지."

"다른 고기도 많은데 왜 하필 이 집 돈가스만 먹어?"

"싸고 맛있잖아."

우리 아빠는 평소 '가성비'라는 말을 참 좋아한다. '가격 대비 훌륭한 품질'을 가진 제품이나 음식 등을 발견하면 한동안 그 제품과 음식이 우리 집을 차지한다. 저렴한 의류 브랜드와 볼펜, 식당, 심지어 자동차도 그런 모델을 골랐다.

그런데, 이번 왕돈가스는 분위기가 좀 달랐다. 정작 아빠가 그 왕돈가스를 전혀 즐기지 못하는 눈치였다. 돈가스는 절반이 버려지고 집안에는 일회용품이 점점 늘어 갔다. 그리고 더 수상한 점은 엄마가 그런 아빠를 말리지 않는다는 것이었다.

"엄마, 왜 아무 말도 안 해?"

음식물 쓰레기통에 남은 돈가스를 버리는 엄마에게 다가가 조용히 물었다.

"뭘?"

"돈가스 그만 사 오라고 말을 왜 안 하냐고."

"아빠가 좋아하시잖아."

"아니야, 이번 주부터는 아예 안 먹어. 나 혼자만 먹는다고."

"음⋯⋯."

"응?"

"좀 기다려 보자."

"뭘?"

"흠⋯⋯."

"아, 요즘 우리 집 왜 이렇게 수상한데?"

어쩔 수 없이 나는 아빠의 뒤를 밟기로 했다.

아빠는 기계처럼 칼퇴근을 한다. 아빠의 퇴근 길 버스 도착 시간은 저녁 6시 30분. 612번 버스가 도착하고 문이 열린다. 아빠가 버스에서 내리는데⋯⋯. 아빠가 웃고 있다. 가성비 있는 뭔가를 발견한 얼굴인데, 너무 궁금해서 숨이 넘어가겠다. 심장이 미친 듯이 뛴다. 나는 재킷의 깃을 세우고 탐정처럼 아빠의 뒤를 밟았다. 발소리를 죽인 채.

아빠는 빠른 걸음으로 '수상한 돈가스' 집으로 들어갔다. 가로 수 뒤에 숨어 가게 안을 지켜보았다. 아빠는 사장님과 짧은 대화를 나눈 뒤 앞치마를 하나 받아들고 주방으로 들어갔다. 까치발을 드니 겨우 주방의 모습이 보였다. 아빠가 설거지를 하고 있었다. 퇴근 후에 설거지를 하는 수상한 아빠를 봐 버렸다. 돈이 더 필요한 것일까?

집으로 돌아오는 발걸음이 무거웠다. 내가 본 것을 그대로 엄마에게 이야기하는 게 맞을까, 아빠가 이야기할 때까지 기다릴까?

"다녀왔어요."

"아빠는 좀 늦으신대."

"네."

"저녁 먹자. 오늘은 김치볶음밥."

"네."

"무슨 일 있어?"

"우리 아빠 회사 괜찮지?"

"그럼, 뜬금없이 회사는 왜"

"아니에요. 그냥 요즘 아빠가 표정이 좀 어두워 보여서."

"그런 거 없어. 손 씻고 와. 밥 먹게."

책상 서랍 속 내 보물을 꺼냈다. 여섯 살 때부터 차근차근 모은 내 용돈 통장. 그 안에는 무려 삼백만 원이 들어 있다. 이 피 같은 돈을 결국 이렇게 쓰게 생겼구나.

"나 왔어."

통장을 뺏어갈 도둑 아빠가 돌아왔다. 나는 깊은 한숨을 쉰 다음 통장을 쥐고 밖으로 나갔다.

"자."

"뭐야?"

"이거 써."

아빠는 통장을 받아 들고 그 속의 숫자를 눈으로 천천히 확인했다. 아빠의 동공과 입이 점점 열리더니 기쁨의 목소리가 터져나왔다.

"아빠 차 바꿔?"

"아니."

"그럼 왜 갑자기 이 큰 돈을 줘?"

"요즘 힘들잖아."

"내가?"

"아냐?"

"어."

"그럼 왜 식당에서 수상한 설거지를 하는데?"

"어떻게 알아?"

"내가 봤어."

"그럼 가게로 들어오지."

"아니, 아빠가 먼저 가족에게 힘든 일 있으면 이야기를 하고 고민을 털어놓고 그래야지."

아빠는 통장을 쥔 채로 나를 와락 끌어안았다. 그 사이 엄마도 달려와 우리 둘을 꽉 껴안았다.

"내가 이러니 이 집 남자들을 안 좋아할 수가 있나."

"아우, 숨 막혀."

식탁에 가족이 둘러앉았다.

"사실은 말이야. 아빠가 고민이 하나 있어."

나는 침을 꿀꺽 삼켰다.

"너랑 같은 반 친구, 동준이 있잖아."

"김동준."

"그래, 듬직한 김동준."

"듬직한 김동준은 어디서부터 온 수식어야?"

"아빠가 붙인 말이지."

"아빠가 동준이를 어떻게 알아?"

"응, 동준이가 수상한 돈가스 단골이야."

"나도 거기서 몇 번 본 적 있어. 동준이 동생 이름이 성준이랑 예준인데 항상 같이 다녀.”

“맞아.”

“그것도 알아?”

“최근에 알았어. 세 녀석이 그 큰 돈가스 두 개를 다 먹더라.”

“동준이 정말 잘 먹어. 학교 급식도 제일 많이 먹어.”

“그리고 동준이네 집은 넉넉한 편은 아니야.”

“…….”

“동준이 형제는 할머니랑 저기 언덕 끝에 살아. 할머니는 나이가 많으신데, 매일 조그만 수레를 끌고 파지를 주워서 팔고.”

나는 갑자기 숨이 턱 막히는 기분이 들었다.

“나는 전혀 몰랐어.”

“그건 당연한 거야. 학교 친구들이 굳이 알 필요가 없는 일이기도 하고.”

“많이 어렵대?”

“최근에 할머니 무릎이 많이 안 좋으신가 봐. 그래서 병원비도 필요하고.”

식탁에 놓인 내 통장이 눈에 들어왔다.

“그럼 그거 써.”

“네 용돈을?”

"응."

"그래도 돼?"

"응."

"하지만, 이런 식은 곤란한 거 같아."

"돈이 필요한 거 아냐?"

"맞아. 아빠도 그 정도 돈은 있어. 하지만 누군가를 돕고 싶다면 먼저 시간이 필요해. 돈으로 해결하는 게 가장 쉬운 방법이지만 상대방의 마음을 다치게 할 수도 있어."

"필요한 걸 바로 해결하는 게 제일 좋은 거 아냐?"

"그럼, 내일 아빠랑 같이 수상한 돈가스에 가 보자."

"내일?"

"일단 가 보면 알아."

토요일, 점심엔 역시 손님들이 많았다. 아빠를 따라 곧장 식당 안으로 들어가니 빈자리가 하나도 없었다. 그렇게 정신없이 바쁜 중에도 사장님은 내게 성큼 다가와서 머리를 쓰다듬었다.

"네가 지우구나."

"네, 안녕하세요."

"그래, 반갑다. 일단 지금은 너무 너무 바쁘니까 아빠랑 같이 아저씨 좀 도와줄래?”

“아, 네.”

아빠를 따라 주방으로 들어갔다. 싱크대에 이미 수많은 빈 접
시들이 담겨 있었다. 아빠와 함께 앞치마를 입고 수세미에 세제
를 묻혔다. 그리고는 아무 말 없이 설거지를 했다. 허리가 아프고
목도 뻐근했다.

“괜찮아?”

“아직은.”

두 시간 동안 아빠와 나눈 대화는 그게 전부였다. 대신 서로 말
없이 자주 쳐다보고 웃었다. 쉬는 시간도 없이 뜨거운 기름에 돈
가스를 튀기는 주방의 아저씨와 아주머니, 완성된 음식을 나르며
밀린 주문을 외치는 형과 누나들 모두 웃음바이러스에 감염된 것
처럼 주방안의 서로를 쳐다보며 내내 웃었다.

집으로 돌아오는 길에 나도 모르게 아빠의 손을 잡았다. 한 이
년 만인가. 늘 아빠의 손을 잡고 다녔던 내가 조금 더 컸다고 슬
쩍 손을 뺐었는데. 토요일 오후엔 아빠의 손이 참 따뜻했다.

“힘들었지?”

“조금.”

“아빠도 처음에 지우처럼 어려운 친구들 도울 방법으로 돈을

생각했어. 물론 그것도 좋은 방법은 맞아. 그런데 수상한 돈가스 사장님이 그러는 거야. 도와주고 싶으면 그냥 도와주면 되지, 왜 도움에 값을 따지냐고."

"어려운 사정을 알아야 얼마나 어떻게 도울지 정하는 거 아닌가?"

"그럼, 얼마의 금액으로 도와주면 될까?"

"잘 모르겠어."

"아빠도 그랬어. 한 가족을 한 달 내내 돈으로 도와주려면 이백, 삼백만 원은 필요할 거야. 근데 그걸 나 혼자서 다 해결할 수 없잖아."

"응."

"그래서 수상한 돈가스는 그런 사람들에게 무료로 한 끼 식사를 대접하기 시작했대."

"자기가 할 수 있는 일을 하는 거."

아빠는 나를 대견하다는 듯 쳐다보며 엄지손가락을 세웠다.

"그래, 바로 그거였어. 나 혼자서는 뭔가를 바꾸기 어렵잖아. 그래서 힘을 모으는 거지. 적은 힘을 모아 적절하고 효율적으로."

"가성비네."

"하하하하. 맞아 아빠가 좋아하는 가성비 있게 행동하는 거지."

집으로 돌아가는 길이 참 고단했지만 일부러 더 느리게 걸었다.

겨울방학이 금방 찾아왔다. 나는 매주 아빠를 따라 주말 봉사를 다녔다. 동준이 형제를 가끔 만나 눈인사를 했다. 학교에선 그냥 평소처럼 지냈다. 수상한 돈가스 가게 앞에 새로운 간판이 하나 세워졌다.

'꿈나무카드 환영. 꿈나무들에겐 수상한 식사를 제공합니다.'

수상한 식사는 공짜를 말하는 것이었다. 나도 모르게 피식 웃음이 났다.

그 웃음은 또 가게 안의 다른 사람들에게 퍼져 나갔다. 동생들과 돈가스를 먹고 있던 동준이도 그 웃음에 전염이 됐는지 웃었다. 식사를 마친 동준이는 사장님께 뭔가를 부탁하더니 꿈나무카드를 꺼내 들었다. 그리고 결제를 하고는 내게 걸어왔다.

"고마워, 지우야. 오늘은 내가 너한테 밥 한번 사고 싶어. 맛있게 먹고 가."

뭔 일인지 몰라 사장님을 쳐다보니 사장님은 내게 고개를 끄덕여 보였다. 그렇게 하라는 뜻이었다.

"어, 고마워. 잘 먹을게."

동준이는 내 손에 뭔가를 쥐어 주고는 가게를 빠져나갔다. 꼬깃꼬깃 접힌 편지였다.

'몇 달 동안 봉사활동을 하는 너를 보면서 너와 친해지고 싶다는 생각을 많이 했어. 학교에서 내게 평소처럼 대해 줘서 고마웠어. 그리고 나도 다음 주부터 식당에서 봉사활동 하기로 했어. 설거지 선배님, 잘 부탁합니다.'

수상한 돈가스를 먹으니까 목에서 수상한 기운이 계속 올라왔다.

2

엄마를 돌려줘

하필 엄마는 휴가차 바닷가에 갔다. 우리 집 단골손님들이 엄마는 절대 바닷가엔 가지 말라고 신신당부를 했는데도 엄마는 콧방귀를 뀌었다.

"흥, 고등어 주제에 무슨 수로 나를 납치해요?"

"양 사장, 그동안 이 집에서 구운 고등어가 천 마리쯤 되지?"

"아유, 만 마리도 넘을 걸요?"

우리 집은 부산에서 꽤 유명한 고등어갈비 집이었다.

"그러니까 이 맛있는 고등어들이 얼마나 분하고 원통하겠어?"

"호호호, 어쩔 수 없지요. 그게 지들 운명인데요."

"그래도 양 사장, 바닷가엔 가지 마. 고등어들이 벼르고 있을지도 몰라."

엄마와 손님들은 깔깔 웃었다. 사실 나도 웃었다. 말도 안 되는 소리니까. 나처럼 귀여운 강아지가 입을 벌리고 침을 흘리면 엄마는 숯불에 노릇노릇 굽다가 땅에 떨어진 고등어 살코기를 던져 주신다. 그건 그야말로 꿀맛이다.

그런데, 그렇게 맛나고 부드러운 살코기들. 아니, 무시무시한 고등어들이 바닷물에 시원하게 발을 담근 엄마에게 다가왔다. 그 모습은 마치 한 마리의 커다란 고래 같았다.

엄마는 무슨 생각이 들었는지 겁도 없이 그 모습을 더 가까이서 보려고 바다로 더 깊이 들어갔다. 그 순간.

수백 마리 고등어들이 물 밖으로 뛰어올라 엄마를 공격했다. 엄마는 피할 틈도 없이 바다에 풍덩 빠지고 말았다.

도와 달라는 말 한마디 외치지 못한 채 고등어들에게 납치를 당해 버렸다.

나는 너무 놀라 한동안 꼬리가 덜덜 떨리고 망측하지만 오줌도 지렸다. 기가 막히게도 비가 쏟아지더니 맑고 깨끗했던 바다가 숯처럼 새카매졌다. 엄마를 삼켜 버린 바다는 소화라도 시키는지 출렁출렁 파도를 쳐 댔다.

꼬박 하루 동안 나는 그 자리에 꼼짝도 하지 않고 앉았다. 그것 말고는 할 수 있는 게 아무것도 없었다.

"야, 멍청한 살코기들아. 나한테는 낳아 준 엄마보다, 길러 준 전 주인보다 소중한 사람이야. 내 엄마를 돌려줘. 이 나쁜 고등어 대가리들아."

그랬더니 고등어 한 마리가 물 밖으로 입을 비쭉 내밀고 버럭 소리를 질렀다.

"듣자 듣자 하니까, 야! 네가 뭔데 우리 욕을 하고 난리야?"

"엄마를 돌려줘!"

한참을 굶었지만 나는 정신을 바짝 차리고 당당하고 우렁차게 말했다.

"엄마라고? 웃기는 소리 하네. 사람이 강아지의 엄마라는 게 말이 돼?"

"그럼, 고등어가 사람을 납치하는 건 말이 돼?"

고등어는 말문이 막혔는지 아무 대답도 하지 못했다.

"우리 엄마, 살아 있는 거지?"

그 말을 하고 나니 눈물이 뚝뚝 떨어졌다.

"야, 너 왜 그래? 그 인간이 진짜 엄마라는 거야?"

"그래, 유기견센터에서 엄마가 나한테 그렇게 말했어. '이제부터 내가 네 엄마야.'라고."

고등어는 갑자기 물속으로 들어가더니 한참 만에 나타나서는 내 쪽으로 성큼 다가왔다. 발을 뻗으면 닿을 거리였다.

"그 아줌마, 아니, 네 엄마라는 인간은 살아 있어."

"정말, 정말이지? 근데 왜 돌려보내지 않는 거야?"

"죗값을 치르는 중이야. 앞으로 500년은 우리가 데리고 있을 거야."

"너, 인간의 수명이 얼마나 되는지 알고 하는 소리니?"

"한 10년?"

"너 10년이 500년 하고 얼마나 다른지 알고 하는 말이니?"

"비슷하잖아."

나는 웃음이 났지만 겨우 참아 냈다. 왠지 엄마를 구해 낼 수 있을 것만 같았다.

"근데, 우리 엄마가 뭔 죄를 지었다는 거야?"

"네 엄마는 우리 고등어를 너무 많이 죽였어."

"그건, 어쩔 수 없는 거였어. 엄마에겐 그건 하나의 직업일 뿐이라고."

"무슨 소리! 도대체 우리가 무슨 잘못을 했다고 그물을 쳐서 납치하고 따가운 소금에 절인 다음, 뜨거운 연탄불 위에 굽는 건데?"

나는 하마터면 "그건 너희들이 너무 맛있어서."라고 말할 뻔했다.

"네 엄마는 너무 잔인해."

고등어는 지느러미를 부르르 떨었다.

"바다에서 그물을 친 사람들은 어부야. 또 너희들을 맛있게 먹은 손님들도 있잖아. 왜 하필 우리 엄마만 데려간 거야? 엄마는 정작 고등어를 먹지도 못해. 매일 연탄불 연기를 마시면 기침이 나고 또 식당에서 일하는 게 얼마나 힘든지 알아?"

"그걸 내가 왜 이해해 줘야 하는 거냐? 인간들이 어떻게 살아가든지 우리 고등어랑 무슨 상관이냐고?"

"말하자면 우리 엄마도 어쩔 수 없는 선택이었다는 거야. 니들도 작은 물고기를 잡아먹잖아. 그럼 걔네들은 무슨 잘못을 한 거란 말이니?"

고등어는 가만히 들으며 큰 눈을 빙그르 돌렸지만 무슨 말인지 잘 모르는 것 같았다.

"쉽게 설명해 줘."

나는 이때다 싶었다.

"그러니까 엄마는 고등어를 사랑해. 특히 너처럼 단단한 몸집에 멋진 줄무늬를 등에 새기고 하얗고 깨끗한 배를 가진 참 고등어. 바로 너! 미안한 말이지만 너희들 정말 맛있어. 그러니까 사람들도 너희를 좋아하는 거야. 결론적으로 나도 네가 좋아."

"그래? 나도 네가 싫지는 않아. 너처럼 똑똑한 강아지는 처음이야. 하지만 네 엄마 일은 내가 어떻게 해 줄 수 없어."

"내가 대신 사과할게, 그동안 너희들을 함부로 대한 거 미안해. 우리 엄마만 돌려줘, 제발."

"도대체 너한테 그 엄마는 어떤 사람이냐?"

"우리 엄마 참 외로운 사람이야. 자식들은 다 커서 떠나고 가족이라곤 나 하나뿐이야. 그러고 보니 엄마의 인간 자식들도 참 나빠. 엄마가 평생 번 돈으로 학교도 보내고 집도 사 주고 자동차도 사 줬는데, 엄마한테는 자주 오지도 않아. 난 그런 엄마가 키워 준 막내 자식이야. 전 주인에게 버림받은 나를 지금까지 돌봐 주신 분이라고."

나는 깜짝 놀랐다. 고등어가 그 큰 눈을 껌뻑거리며 눈물을 흘리고 있었다.

"흑흑, 아 짠하네. 하지만 우리 고등어들도 나름 회의를 해서 결정한 거야. 앞으로 네 엄마는 500년 동안 우리를 위해 일해야 해."

고등어는 분명히 숫자에 약한 게 틀림없었다.

"무슨 일?"

"우리 공동묘지에 묻힌 뼈 무덤을 관리하는 일을 맡을 거야."

"뼈 무덤?"

"그래, 인간들은 살코기만 먹고 뼈는 버리더군. 인간들은 잔인하면서도 깔끔해. 아무튼, 우리는 불쌍한 그 뼈들을 모아서 깊은 바다에 묻었어."

"그거라면 내가 도와줄게."

"어떻게?"

"내가 뼈를 모아서 여기 바다에 빠뜨릴게. 그러면 안 될까?"

"강아지 주제에 어떻게 우리 뼈를 모아 온다는 거야?"

"그래, 난 강아지야. 강아지는 냄새를 아주 잘 맡지. 지금도 너희들 뼈가 어디에 있는지 알아."

"정말이야? 그럼, 잠깐 기다려."

고등어는 다시 물속으로 사라졌다. 그 사이 하늘은 맑아져 햇볕이 내리쬐었다. 잠을 못 자서 눈이 제대로 떠지지 않았다. 다시 돌아온 고등어는 빛나는 바다 때문에 황금빛으로 보였다.

"좋아, 네 말대로만 한다면 네 엄마를 돌려줄게."

그 말을 남기고 황금빛 고등어는 물속으로 사라져 버렸다. 나는 망설일 시간이 없었다. 근처 고등어구이 집들이 몰려 있는 식당으로 내달렸다.

가게에서 쏟아져 나온 쓰레기봉투에는 온갖 것들이 들어 있었다. 휴지, 플라스틱, 깡통, 먹다 남은 음식물, 헌 옷들. 찾는 뼈는 없고 지저분한 오물만 뒤집어썼다.

"이 똥개는 뭐야, 저리 안 가?"

어떤 인간이 던진 돌에 맞아 머리에서 피가 났다. 어느 가게 유리문에 비친 내 모습은 엄마를 만나기 전 혼자 쓸쓸히 돌아다니던 그때의 모습 그대로였다. 나는 고개를 절레절레 흔들어 나약한 생각을 털어 버렸다.

죽은 고등어 뼈를 구할 수 없다면 차라리 살아 있는 고등어를 구하기로 마음먹고 수산시장으로 달렸다.

이른 저녁, 생선을 실은 배들이 항구에 가득 들어차 있었다. 어부들이 쌓아 놓은 노란 플라스틱 상자에서 꽁치, 삼치, 전어를 휙휙 지나쳐 드디어 살이 토실토실 오른 고등어를 찾아냈다.

배가 흰 참 고등어와 배에 점이 있는 망치고등어도 섞여 있었다. 모두 금방이라도 눈물이 쏟아질 것 같은 눈으로 나를 쳐다봤다. 그 눈이 어찌 그리 예전 내 마음 같던지. 노란 상자를 꽉 덮은 끈을 이빨로 어렵게 끊어 내고 있는 힘을 다해 상자를 바다에 빠뜨렸다.

'첨벙.'

상자가 바다에 빠지자 고등어들이 물 위로 튀어 오르며 기뻐했지만, 화가 잔뜩 난 어부의 발길질에 나는 하늘로 잠시 날았다가 바다로 곤두박질쳤다. 짠 바닷물이 입안으로 무식하게 밀고 들어왔다. 수영엔 자신 있었지만 그럴 힘이 남아 있지 않았다. 왁자지껄하던 수산시장의 소음과 휘황찬란하던 불빛이 점점 멀어졌다.

엄마의 목소리를 들은 건 착각이었을까? 정신 차리라는 엄마의 다급한 목소리가 들리더니 엄마의 따뜻한 손이 내 몸을 감싸 쥔 느낌이 들었다. 납치됐던 엄마가 나를 안은 채 노란 상자와 함께 바다 위에 떠 있었다. 사람들이 놀라 소리를 질렀다.

"바다에 사람이 빠졌다."

"아이고, 저 개가 주인 구하려고 상자를 바다에 빠트린 거 아냐?"

"그게 뭔 소리요?"

"아, 자기 주인이 물에 빠지니까 뭘 잡고 나오라고 저렇게 통을 밀어 넣었나 보네."

"사람보다 낫다. 사람보다 나아."

그날 후로 엄마의 가게엔 손님이 더 늘었다. 나를 보겠다는 손님들이 넘쳐 났다. 엄마는 여전히 고등어를 굽지만, 뼈는 따로 모아 말리고 빻아서 사고가 났던 바다에 뿌렸다.

나는 고등어에게 엄마를 돌려 달라고 부탁했는데, 고등어는 엄마의 인간 자식들도 돌려줬다. 그들은 무슨 일이 있었는지 아무도 말을 하지 않지만 바닷가에서 놀다 온 후로 달라졌다. 엄마를 자주 찾아오고 모두 나를 쓰다듬어 준다. 그 손길엔 전에 없던 따스함이 묻어 있다.

3

미로의 꿈

미로는 꿈에서 깨자마자 커튼이 드리워진 창문 앞에 섰다. 창 밖을 직접 본 것도 아닌데 눈이 창가에 부딪히며 소곤거리는 소리가 들리는 것 같았다. 누군가 쌓인 눈 위를 보드득거리며 걸어가는 소리도 들렸다. 미로는 천천히 커튼을 열었다.

함박눈 위로 까만색 새끼 고양이 한 마리가 미로와 눈이 마주쳤다. 엄마가 좋아하는 백설기 떡에 박힌 건포도 같았다. 미로는 웃으며 새끼 고양이에게 포도라는 이름을 붙여 버렸다. 포도는 걷다가 뒤돌아보기를 반복했다. 미로는 포도에게 "이리 와." 하고 부르고 싶었지만 멀리 달아날까 봐 몇 번이나 삼켰다. 포도는 미로의 속마음을 듣기라도 한 듯 "냐아." 하고 말하고는 현관 쪽으로 뛰어내렸다. 미로도 헐레벌떡 거실로 달렸다.

"안녕. 미로야 오늘은 일찍 일어났네."

"네, 아빠."

현관문을 활짝 열자 앙증맞은 새끼 고양이의 발자국이 선명하게 남아 있었다.

"미로야, 무슨 일이야?"

아빠는 미로의 외투를 집어 들고 허둥지둥 달려왔다.

"아빠, 포도가 이쪽으로 지나갔어요."

"포도?"

"까만색 새끼 고양이 한 마리가 있어요."

"이름이 포도야?"

"네, 방금 제가 지었어요."

"귀여운 이름이네. 무슨 뜻이야?"

"……."

아빠는 미로가 가끔 대답을 피할 때는 다시 묻지 않았다. 미로와 아빠는 뽀드득뽀드득 눈길을 걸으며 포도의 발자국을 따랐다. 선명하게 이어지던 발자국이 아빠의 자동차에서 뚝 끊어져 버렸다. 눈이 쌓이지 않은 자동차 밑에는 포도의 흔적이 보이지 않았다.

"포도가 아빠한테 갔나 보구나."

"그럴까요?"

"그럴 거야. 미로도 집에 들어 가. 아빠도 일하러 가야 하고."

"잘 다녀오세요."

"아빠가 미역국이랑 소시지 반찬 만들어 뒀어. 꼭 챙겨 먹어. 알았지?"

"냐아."

미로 대신 대답을 하듯 어디선가 포도가 울었다. 아빠는 그 소리는 듣지 못한 채 자동차에 앉았다.

"아빠, 아빠, 잠깐만요."

미로는 아빠의 팔을 붙잡았다.

"포도가 자동차 안에 숨어 있는 것 같아요."

"정말?"

"네, 방금 앞에서 소리가 났어요."

아빠가 엔진 뚜껑을 열고 구석구석을 살필 때는 아무 소리도 들리지 않다가 다시 뚜껑을 쾅 닫자마자 포도는 "냐아, 냐아." 하며 반복해서 울었다.

"그렇구나. 정말 이 안에 있어."

"아빠, 어떡해요?"

"포도가 엔진 미로 속에 숨어 버렸네. 일단 자동차는 두고 가야 겠다. 배고프면 가족을 찾아가겠지, 뭐."

"그럴까요?"

"배고프면 가족이 더 보고 싶을 거야."

"나랑 똑같네."

"응?"

"아니에요, 아빠, 잘 다녀오세요."

"그래, 문단속 잘해야 해."

"네."

멀어지는 아빠는 몇 번이나 뒤를 돌아봤다. 미로는 아빠의 모습이 완전히 사라지고서야 다시 밖으로 나왔다.

눈사람처럼 쪼그려 앉은 미로는 자동차를 두드리고 문질렀다. 숨소리마저 줄이고 자동차 안의 소리에 집중했다. 미로의 몸이 거의 고드름이 되어 갈 무렵 드디어 포도가 신호를 보냈다.

"냐아."

"그렇지. 안에 있지?"

"냐아."

"나와서 나랑 놀자."

"……."

"그럼, 배고파?"

"냐아."

"이힛, 잠깐만 기다려."

미로는 집으로 뛰었다. 부엌 찬장에 숨어 있던 과자들이 오랜만에 모습을 드러냈다. 엄마는 미로가 밥 대신 먹는 과자들을 찬장 안에 나눠 숨겼다. 미로는 그걸 찾아내는 게 과자를 먹는 것보다 훨씬 좋았었다. 집은 그대론데 엄마만 없어졌다.

새우과자 몇 개를 자동차 바퀴 안쪽으로 밀어 넣었다. 안에서 과자를 씹는 소리가 고소하게 들려왔다. 미로의 군침이 넘어갈 정도로 맛있는 소리가 났다. 이번에는 과자를 더 깊은 곳으로 밀어 넣었다. 포도는 바닷가에서 갈매기가 새우과자를 채 가듯 포도가 과자를 받아먹었다.

"재미있다."

미로는 손가락을 다친 줄도 모르고 과자놀이를 계속했다. 날카로운 부분에 베인 손가락에서 피가 뚝뚝 떨어졌다. 하얀 눈 위에 떨어진 붉은색 눈을 보고서야 통증이 밀려왔다. 배도 고팠다.

"포도야, 너도 혹시 엄마랑 따로 사니?"

"……."

"대답 안 해도 돼. 그냥 듣기만 해."

"냐아."

"그러니까 진짜 내 말 다 알아듣는 거 같다."

"냐아."

"엄마 많이 보고 싶다, 그치?"

"냐아."

"밥 먹고 또 놀자. 배고프니까 괜히 엄마 생각만 나네."

흐르는 물에 손가락을 씻고 대충 약을 발랐다. 이 정도 상처를 엄마가 봤다면 난리가 났을 텐데. 미로는 화장실에 쪼그려 앉아 한참을 눈물바다에 빠졌다. 온몸이 파도에 들썩거려서 제대로 앉기도 힘들었다.

엄마에게 전화를 걸었다. 통증 때문인지 이번엔 엄마에게 서운한 일들, 화난 마음을 모두 쏟아 낼 수 있을 것 같았다. 미로에게 허락도 받지 않고 집을 나가 버린 엄마. 아빠와 성격이 맞지 않는 게 뭐 그리 대단한 건지 제대로 따져 물을 참이었다.

"미로야?"

"……."

"미로야, 무슨 일이야?"

"……."

"울어?"

"……."

"주말에 만나잖아. 조금만 참자, 우리."

"어."

"그래, 엄마가 바쁜 거 끝내고 다시 전화할게."

"어."

"그래, 사랑해, 딸."

"어."

미로는 아빠의 차분한 성격을 닮은 것을 다행이라고 생각했다. 전화번호를 누르고 신호가 가는 동안 마음이 가라앉아 버렸다. 날카로운 미로가 엄마를 더 멀리 떠나보낼까 봐 겁이 났다. 손가락에 통증은 그대로 남아 있는데 바깥바람을 너무 오래 쐬서 그랬는지 마음이 차가워져 버렸다.

아빠는 포도 덕분에 며칠째 마음이 따뜻했다. 저녁마다 포도에게 먹을거리를 챙겨 주는 미로의 표정이 밝았다. 엄마 없는 집에서 미로가 웃는 건 오랜만이었다. 며칠 더 자동차를 쓰지 못하더라도 미로가 행복하다면 괜찮았다. 포도와 닮은 새끼 고양이 한 마리를 선물할 마음도 먹었다. 진작 그런 생각을 하지 못한 걸 후회했다. 방학이라 며칠째 혼자 집에서 지내야 하는 미로가 걱정이었는데 다행이었다.

그런데, 미로의 몸이 불덩이처럼 뜨거워졌다. 미로는 온몸에 힘이 빠져 목소리가 제대로 나오지 않았다. 아빠를 부르고 불렀지만 목소리가 너무 작아서 아빠는 그 소리를 듣지 못했다.

"냐아."

"포도?"

미로는 아무도 듣지 못할 정도로 작은 목소리로 말했다.

"응, 나야."

"응? 너 지금 나랑 말하는 거야?"

"그래, 지금 너랑 말하고 있잖아."

"내 목소리가 들려?"

"당연하지. 그러니까 대답을 하지."

"신기하다. 내가 고양이랑 말을 하고 있다니."

"내가 더 신기한 것도 보여 줄게."

미로의 방 창문이 활짝 열리더니 포도가 성큼 침대로 다가왔다. 포도는 며칠 전 다친 미로의 손가락을 살짝 깨물었다.

미로는 손가락이 약간 따끔거리더니 머리와 몸이 공기처럼 몸이 가벼워지는 것 같았다. 온몸에 힘이 나고 통증도 사라졌다.

"어, 어, 뭐지?"

"환영해. 이제부턴 너도 고양이야."

미로는 깜짝 놀랐다. 온몸이 털로 뒤덮여 있었다. 코에는 수염도 자라나고 몸집은 포도와 같은 크기로 줄어들어 있었다.

"이게 무슨 일이야?"

"선물이야. 그동안 날 돌봐 줘서 고마워."

"와, 대박!"

"한 가지만 조심하면 돼. 사람이었을 때가 좋았다거나 다시 사람이 되고 싶다고 생각하면 원래대로 변할 거야. 그때는 갑자기 변하니까 조심해야 해."

미로는 포도를 따라 창밖으로 달렸다. 몸이 너무 가벼워서 벽과 지붕을 마음대로 뛰어다녔다. 깜깜한 밤이었지만 멀리 있는 건물이 선명하게 보였다.

"어떻게 이렇게 익숙하지?"

"그야 넌 원래 고양이니까."

"내가?"

"넌 내 말을 다 알아들었잖아."

"그건 우연이 아니었어?"

"아냐."

"난 방금 전까지 사람이었는데?"

"기억이 안 나겠지만 넌 원래 고양이야. 그리고 너희 엄마도."

"말도 안 돼."

"자, 유리에 비친 모습을 보고 천천히 생각해 봐."

하얀 털이 뒤덮은 배와 회색과 검정이 섞인 이마와 등, 날카로운 발톱과 뾰족한 이빨. 그리고 열 개가 넘는 길고 윤기 나는 흰 털이 아주 자연스럽게 뒤덮인 얼굴이 자연스러웠다.

"잠깐만, 우리 엄마도 고양이라고?"

"응, 너희 엄마가 나를 보내셨어. 너한테 친구가 필요하다면서."

미로는 눈물이 쏟아졌다.

"아아, 고양이도 눈물이 나는구나."

"그럼, 우리도 사람처럼 감정이 있는 걸."

미로는 아빠의 방 안을 들여다봤다. 아빠는 큰 침대의 한쪽 구석에서 자고 있었다.

"아빠도 나만큼 쓸쓸할까?"

"아마도."

"아빠도 엄마가 고양이란 걸 아셔?"

"아니."

"그런데, 두 분은 왜 싸우고 떨어져 지내는 거야?"

"그건 인간과 고양이의 성격 차이라고만 해 두자."

"지금, 엄마를 만나러 갈 수 있어?"

"그래, 일단 그전에 과자부터 먹자. 배고파."

미로는 앞발로 눈물을 쓱 닦고는 혀로 털을 가지런히 정리했다. 궁금한 게 너무 많았지만 지금은 자신의 모습이 너무 자연스러워 진짜 고양이였을지도 모른다고 생각했다.

새끼 고양이 두 마리가 지붕 아래도 뛰어내렸다. 엔진룸 바닥에는 포도가 먹다 남긴 과자가 너부러져 있었다.

"갈 길이 멀어. 일단 배부터 채우고 출발하자."

포도는 과자를 먹으며 고롱고롱 소리를 냈다.

"저기, 이거 어떻게 먹어? 사람이었을 때는 손가락이 있어서 정말 편했는데."

미로는 뾰족한 이빨 때문에 과자를 먹기 어려웠다.

"아, 안 되는데."

"뭐가?"

"사람이었던 때가 좋았다고 생각하면 다시 변한다고 했잖아."

"아, 맞다."

미로는 자동차 밖으로 빠져나가기도 전에 몸이 커지는 게 느껴졌다.

"미로야, 이것만 기억해. 엄마는 널 많이 사랑해서. 그리고 곧 만나….."

포도의 말이 채 끝나기도 전에 미로의 몸이 커져 버렸다. 등과 팔에 딱딱한 물체가 닿아 불편하고 숨쉬기 어려웠다. 눈앞이 캄캄하고 왼쪽 팔이 날카로운 물체에 찔려 아팠다.

"미로야, 미로야."

엄마의 목소리가 들렸다.

"미로야?"

아빠의 얼굴이 보였다. 아빠 옆에 엄마도 서 있었다. 꿈인 것 같았다.

"다행이야. 얼마나 놀랬다고."

엄마는 미로의 손을 잡고 울고 있었다. 미로는 왼팔에 꽂힌 주삿바늘을 보고 정신이 들었다.

"무슨 일이에요, 아빠?"

"미로야, 손가락 다친 걸 왜 말하지 않았어?"

"손가락이요?"

"파상풍이래. 그리고 여긴 병원이야."

엄마의 목소리에 잔뜩 화가 묻어 있었다.

"파상풍?"

"그래, 자동차 만지다가 어디 긁힌 거지?"

미로는 포도에게 과자를 주려고 손을 넣었던 일을 이야기했다.

"아빠, 포도는요?"

"포도가 기억나?"

"그럼요, 포도랑 같이 있었어요. 엄마, 엄마도 포도 알죠?"

엄마는 알쏭달쏭한 표정을 지었다.

"그럼, 아빠가 이야기해 줘서 알아."

"다른 거는요?"

"어떤 거?"

"고양이로 변해서….."

"응?"

미로는 지난밤의 이야기를 하려다 엄마가 아빠의 손을 꼭 잡고 있는 게 보여서 꾹 참았다.

"아빠, 병원에 자동차 타고 왔어요?"

"포도 때문에?"

"네."

"걱정 마. 포도 덕분에 미로가 병원에 온 거니까."

"포도 때문에요?"

"포도가 밤새 미로 창문 밖에서 얼마나 울어 댔다고. 그 덕분에 네 방에 들어간 거야."

"죄송해요, 아빠."

"미로야, 미안해, 엄마가 생각이 짧았어. 우리 미로가 세상에서 가장 중요한데 엄마가 잠시 정신이 나갔었나 봐."

"엄마, 우리 그냥 같이 살아요, 네?"

"그래, 엄마 이제 어디 안 가."

"정말요?"

"그래, 정말이야."

엄마는 미로와 아빠의 손을 모두 잡았다. 미로는 엄마에게 귓속말로 물었다.

"포도는 진짜 엄마가 보낸 거예요?"

엄마는 웃으며 아무 대답도 하지 않았다.

한정판 운동화

"너 230이지?"

드디어 내 차례가 오고 말았다. 내 발은 상재와 똑같은 크기였다. 상재의 발 크기는 인기 아이돌 그룹만큼 잘 알려진 사실이지만 내가 한정판 신발을 처음 신고 온 건 아무도 모르는 일이었다.

"어. 230미리 맞아."

"잘됐네. 네 신발 좀 빌리자, 괜찮지?"

"괜찮아."

"진짜?"

"어."

"괜찮지 않으면, 괜찮지 않다고 말해."

"아냐, 괜찮아."

나는 괜찮지 않았지만, 괜찮다고 말했다.

"이거 요번에 새로 출시된 제품이네."

"어, 한정판."

"비싼 거잖아."

"그렇지. 거의 일 년 동안 용돈 모았어."

"영광이네."

"내가 영광이지."

나는 왜 그런 대꾸를 했는지 모르겠지만 그 말이 상재의 무언가를 건드린 것엔 틀림없었다. 평소 상재는 체육시간이 되면 본인과 발 크기가 똑같은 아이들의 신발을 찾아 신었다. 선택받은 신발의 주인들은 대부분 다른 친구들을 괴롭히는 아이들이었다. 그래서 상재는 나처럼 나쁜 아이들에게 당하는 쪽에서 보면 영웅에 가까운 친구였다. 아니, 상재는 분명 영웅이었다.

작년에 전학 온 상재 덕분에 누군가를 괴롭히는 아이들의 숫자는 점점 줄어들었다. 우리 반만 해도 이제 아무도 내게 심부름을 시키지 않는다. 아직 욕설을 하거나 무시하는 말을 하는 애들은 종종 있지만 상재 덕분에 학교생활이 편해진 건 틀림없는 사실이었다.

갖고 싶었던 운동화를 신을 수 있는 것도 상재 덕분이었다. 예전 같았으면 벌써 운동장 어느 구석에 처박혀 버릴 운명이었을 텐데. 그래서 내가 상재의 선택을 받은 것에 우리 반 아이들도 많이 놀라는 눈치였다.

안타깝게도 나는 상재와 발 길이는 같았지만 발볼 크기가 달랐다. 상재의 발은 곰발바닥 같아서 돌려받은 내 신발은 땀에 젖고 한껏 늘어나 있었다.

하필 체육시간에 핸드볼을 배웠다고 한다. 공을 건네받은 박상재 공격수는 하나, 둘, 셋, 네 발째에 도움닫기를 해 힘껏 슛을 날리고 새 신발 덕분에 바닥으로 안전하게 착지를 했을 것이다. 지난주에 우리 반도 똑같은 내용을 배웠다.

나는 불쾌하고 속상했지만 다른 아이들이 대처하는 소문난 요령대로 신발을 세탁하지 않고 신었다. 상재는 본인 때문에 더러워진 신발은 다시 신지 않는다는 소문이 있었다.

"야, 정지호. 신발 좀 빌리자."

"또?"

"왜, 안 된다고?"

"괜찮아."

"또 괜찮아?"

"어, 근데 세탁을 안 했는데."

"괜찮아."

이번엔 축구였다. 박상재 선수는 최종 공격수나 미드필더로 운동장을 뛰었을 것이다. 신발은 촉촉하고 넓디넓었다. 이쯤 되고 보니 원래 박상재의 운동화를 내가 빌려 신고 다니는 기분이 들기 시작했다.

그래서 나는 계속 신발을 세탁하지 않았다. 내 신발도 아닌데 세탁까지 해 주고 싶지는 않았다. 그런데도 상재는 체육시간마다 내 신발을 신었다.

그건 분명 상재가 나를 괴롭히는 것이었다. 영웅은 개뿔. 그냥 아무나 괴롭히는 나쁜 놈이었다.

"저기, 혹시 내가 뭐 잘못한 거라도?"

"네 신발만 계속 신느냐고?"

"어."

"너 나 기억 안 나지?"

"무슨 기억?"

"화랑유치원."

"응?"

"나 화랑유치원 노랑반 박상재잖아. 너랑 짝꿍."

"그 코 찔찔이?"

"그래, 이제 알겠냐?"

"어어, 기억난다. 네 얼굴."

나도 모르게 상재를 와락 안았다.

"나는 전학 오자마자 너 알아봤는데."

"아, 미안. 내가 좀 둔해."

"아무튼, 신발 좀 세탁해. 냄새나더라."

"알았어."

"괜찮아?"

"어, 괜찮아. 내가 깨끗하게 빨아 올게."

박상재가 유치원 동기라서 내 신발만 신는다고 다른 아이들에게 설명해 줬지만 아무도 그 말을 믿지 않았다.

"그냥 너 호구 잡힌 거야."

"너 박상재한테 제대로 걸린 거라고. 게다가 박상재는 한정판 신발을 제일 좋아한다는데 넌 짝퉁이잖아."

호구와 짝퉁이라니. 내 짝 민수와 그 앞에 앉은 준영이는 오늘도 내게 막말을 해 댔다. 그리고 노랑반에서 같이 감기에 걸려 유난히 코를 많이 흘렸던 상재가 나를 괴롭힌다고 생각하니 기분이 좋지 않았다.

욕실 따뜻한 물에 더러워지고 늘어난 신발을 담갔다. 빡빡한 솔에 비누를 묻히고 구석구석 깨끗이 닦았다. 누런 비누거품이

끊임없이 뿜어져 나왔다. 얼마나 박박 문질렀던지 드디어 하얀 비누거품만 남았을 때 신발 여러 곳에 상처가 났다.

"정지호, 너 신발이 왜 이래?"

상재는 아침부터 우리 반에 나타났다. 왁자지껄하던 교실이 한순간에 고요해졌다.

"뭐가?"

"신발이 너덜너덜하잖아. 이 신발 어디서 샀어?"

"인터넷."

"그럼 그렇지. 한정판을 인터넷에서 샀다고?"

상재는 내 신발을 구석구석 훑어봤다.

"아무튼 나한테 안 빌려주려고 일부러 박박 문지른 거 아냐?"

"아냐, 그런 거."

"아니라고? 그래, 아니라고 하니까 믿는다."

상재는 묘한 웃음을 지었다. 그 뒤로도 몇 주 동안 상재는 우리 반을 찾아와서 나만 찾았다. 우리는 온갖 이야기를 했다. 가족, 공부, 게임, 아이돌, 나를 괴롭힌 친구들까지.

"내일이 마지막이라고."

"어?"

"야, 너 내 말 안 듣고 있었지?"

"미안, 잠깐 딴생각하느라."

"그러니까, 애들이 너 무시하잖아."

"그런가?"

"호구 소리 듣기 싫으면 정신 바짝 차려."

나는 그때는 정말 화를 내고 싶었다. '네가 제일 나쁜 놈이야.'라고 외치고 싶었지만 용기가 나지 않았다. 유치원 때는 나보다 덩치도 작았던 상재가 지금은 학교에서 싸움 1등으로 소문이 났는데, 뒷감당도 못 할 내가 그런 말을 뱉어 낼 용기 따윈 없었다.

그날 밤새 고민해서 내린 결론은 구멍이 나기 직전인 검은색 운동화를 신고 학교에 가는 것이었다.

"야, 한정판은 어쩌고?"

"어제 개똥을 밟아서 세탁했어."

"진짜야?"

"어."

"알았어, 그거라도 빌려줘."

"괜찮아?"

"아니, 안 괜찮아. 그래도 어쩔 수 없지 뭐."

상재는 얼굴이 붉게 변해 있었다. 지금까지 누구도 상재에게 그런 태도를 보인 사람은 없었다. 한정판이나 신제품만 뺏어 신는 상재가 구멍이 나기 직전의 볼품없는 내 운동화를 빌려 갔다.

"야, 박상재 얼굴 빨개지는 거 봤나?"

"큰일 나는 거 아냐?"

우리 반은 오전 내내 나 때문에 시끄러웠다. 정작 나는 눈을 감고 깊은 기도의 시간으로 들어갔다.

'모든 신들이시어, 그냥 이대로 조퇴해서 집에 갈 수 있도록 배나 머리를 아프게 해 주세요.'라고 기도했다. 그깟 신발 하나 지켜 내겠다고 이런 공포와 맞서야 하다니. 나는 모든 아이들이 말한 호구였다.

손을 얼마나 꽉 쥐었던지 땀이 나고 더워졌다. 어느 신께서 기도에 응답을 해 주셨는지 진짜 머리가 아프고 어지러웠다.

"선생님, 저 머리가 너무 아파요."

"반장, 양호실에 데려다 줘."

양호실은 폭풍전야처럼 고요했다.

"저, 조퇴하면 안 될까요?"

양호 선생님은 냉정하신 분이었다.

"두통약 먹고 한숨 자면 괜찮을 거야. 열은 없어."

한때 절친이었던 상재에게 몇 대 맞는 게 차라리 마음이 편할 것 같았다. 그 편이 왠지 덜 억울할 것 같았다. 노랑반이었을 때 나는 상재를 몇 대 쥐어박은 기억이 났다.

"정지호, 일어나."

양호 선생님이 나를 흔들어 깨웠다.

"집에 가야지."

모든 수업이 끝나 버렸다. 박상재의 체육시간도 벌써 몇 시간 전에 끝났다. 복도와 교실엔 아무도 남아 있지 않았다. 참 쓸쓸했다.

'어?'

똑같은 한정판. 그 신발이 내 신발장 안에 들어 있었다. 검은색 헌 신발 대신 하얀색 새 신발이 그 자리를 차지하고 있었다.

내가 산 신발과 똑같은 모양인 것 같았지만 자세히 보니 뭔가 달랐다. 새 신발의 색깔이 더 진하고 고급스러웠다. 나는 아직 꿈꾸는 게 아닌가 하고 다리를 몇 번이나 꼬집다가 깜짝 놀랐다. 어느 틈에 상재가 바로 뒤에 서 있었다.

"뭘 그리 놀래?"

"어, 미안. 내가 잘 놀래."

"뭐가 또 그리 미안할 일이 많냐?"

"그냥."

"으이그, 그렇게 물러 터지니까 애들이 괴롭히지?"

"어떻게 알아?"

"왜 몰라. 내가 한때는 너의 절친이었는데."

"절친?"

"그래, 그 신발 신고 가."

"이거 네가 갖다 둔 거야?"

"그래. 용돈 모아서 산 거야."

"왜에?"

"내가 네 신발 내 발에 맞게 망가뜨렸으니까. 대신 내일 그 신발 가져와."

"집에 있는 거?"

"그래, 바꿔 신어. 새 신발은 아침에 등교할 때 빼곤 안 신었어."

"그래도 괜찮아?"

"그래, 괜찮아. 내가 주말에 매장 가서 직접 사 온 거야. 딱 하나 남은 거."

"네 신발은 내가 신고 갈게. 괜찮지?"

"어어."

"지호야. 괜찮지 않으면, 괜찮지 않다고 말해. 잊지 마."

상재는 내 헌 신발을 들고 나가 버렸다. 나는 교실 창문으로 운

동장을 걸어가는 상재의 뒷모습을 한참 동안 바라봤다. 처음엔
어리둥절했는데 갑자기 눈물이 쏟아졌다.

호랑이 강낭콩

따뜻한 봄바람이 불어왔어요. 완두콩 여섯 형제는 주인아저씨가 정성스럽게 보살핀 덕분에 무럭무럭 잘 자랐어요. 주인아저씨는 겨울이 지나자마자 텃밭에 흙을 고르고 좋은 비료도 직접 만들어 뿌려 줬지요. 그리고 매일 매일 깨끗한 물도 주었어요.

"올해는 가뭄이 심해서 진딧물이 걱정이야. 그렇다고 너희들 몸에 해로운 농약은 안 칠 거야. 그러니 잘 자라야 한다."

주인아저씨는 완두콩의 양분을 빨아먹는 무시무시한 진딧물을 막아 줄 무당벌레들을 데려왔어요.

시간이 흘러 여름이 막 시작되는 무렵이었어요. 주인아저씨가 열심히 돌본 텃밭은 영양분을 가득 담은 부드러운 흙 위에 연두색 완두콩이 주렁주렁 열렸어요.

"애들아, 모두 별일 없지?"

옆 마을에 순찰 갔던 무당 첫째가 돌아왔어요.

"모두 잘 있는지 확인 좀 해야겠어. 첫째부터 막내까지 자기 이름 불러 봐. 시~ 작!"

그랬더니, 완두콩 콩깍지 하나가 조금 열리더니 "완~ 다, 디, 두, 동, 대, 덩~" 하면서 완두콩 여섯 형제가 우렁찬 목소리로 노래했어요.

"어디보자. 완다, 완디, 완두, 완동, 완대, 완덩, 모두 건강하구나. 옆 마을에는 진딧물 공격 때문에 난리가 났어. 그래도 우리 밭엔 내 친구들이 있어서 괜찮아."

무당 큰형은 완두콩 형제가 무사한 것을 보고 안심했어요.

"가뭄이 길어지니까 진딧물이 더 늘었어. 빨리 비가 와야 하는데, 큰일이네. 얘들아, 이제 며칠만 있으면 주인아저씨가 너희들을 안전한 곳으로 데려가실 거야. 그때까지 조금만 참아."

무당벌레는 다시 힘껏 날아 텃밭 이곳저곳을 살피고 다녔어요. 무당 큰형의 친구들은 빨간 바탕에 검정색 동그라미가 그려진 멋진 날개를 달고 진딧물을 찾아내서 공격했어요. 그 덕분에 완두콩 여섯 형제는 아무 걱정 없이 하루하루를 보냈어요.

그런데, 완두콩 형제가 살고 있는 곳에 수상한 콩이 하나 자랐어요. 완두콩들은 웅성거렸어요. 그 콩은 색깔이나 모양이 달랐거든요. 노란색 콩깍지에 빨간 줄이 정신없이 그려져 있었어요. 완두콩들은 그 콩이 낯설고 무서웠어요.

"완다 형, 형이 첫째니까 큰 소리로 물어봐."

셋째 완두가 조그만 목소리로 말했어요.

"그래, 형이 우리 중에서 제일 덩치가 크니까 대표로 물어봐. 이상하게 생긴 저 콩은 이름이 뭔지 물어봐."

그러자, 둘째 완디, 넷째 완동, 막내 완덩도 똑같은 목소리로 말했어요.

"물어봐. 듬직한 첫째 형이 물어봐."

"알았어."

첫째 완다도 사실 조금 겁이 났지만 동생들 때문에 용기를 냈어요.

"어~ 이, 거기. 우리랑은 다르게 생긴 콩. 잠깐 나 좀 보지."

완다는 낯선 콩이 아무 대답을 하지 않자 조금 더 큰 목소리로 말했어요.

"어~ 이, 거기. 웬만하면 콩깍지 좀 열어 보지?"

낯선 콩깍지가 조금 흔들리더니 수줍은 콩들이 모습을 보였어요. 그러자 텃밭의 완두콩들이 나쁜 말로 수군거렸어요.

"이상하게 생겼어."

"징그러워."

"못생겼어."

"다른 곳으로 가라고 해."

그 소리에 기분이 나빴는지 낯선 콩은 콩깍지를 닫아 버렸어요.

"그만해. 잘 알지도 못하면서 친구를 그렇게 놀리는 거 아냐."

첫째 완다가 큰 목소리로 소리쳤어요.

"우리한테 나쁜 행동을 한 것도 아닌데 왜 그런 소리를 하는 거니?"

완다의 호통 소리에 텃밭이 조용해졌어요.

"미안. 우리는 그냥 어색해서 그런 거야. 용서해 줘."

둘째 완다가 낯선 콩을 향해 말했어요. 그러자 닫혔던 콩깍지가 다시 열렸어요.

"너희들은 이름이 뭐니?"

셋째 완두가 물었어요.

"미안. 지금은 우리 이름을 말해 줄 수 없어."

얼굴에 빨간색 가로 줄무늬가 가장 많이 그려진 콩 하나가 대답했어요.

"무슨 비밀이 있어?"

넷째 완동이 물었어요.

"때가 되면 알게 될 거야. 미안해."

"알겠어. 그리고 미안해. 너희들에 대해 잘 알지도 못하면서 생김새만 보고 나쁜 말을 했어. 우리가 대신 사과할게."

다섯째 완대가 말했어요.

"먼저 우리 형제를 소개할게. 우리는 완다, 완디, 완두, 완동, 완대, 완덩 형제야. 친구들은 우리를 완~ 다디두동대덩~ 이렇게 불러."

막내 완덩이 형제들을 소개했어요.

"반가워."

"안녕."

완두콩 여섯 형제의 소개를 받은 낯선 콩 다섯 형제도 함께 인사를 했어요.

"너희들 키는 우리랑 비슷하네. 우리 완두콩하고는 색깔이랑 무늬가 달라서 신기하기도 하고 어색하기도 하고 그래."

첫째 완다가 말했어요.

"아마 너희들은 다른 콩을 처음 봐서 그럴 거야. 우리는 늘 생김새 때문에 놀림을 받아. 늘 있는 일이니까, 뭐."

얼굴에 빨간색 줄무늬 세 개가 그려진 콩 하나가 말했어요.

"괜찮아. 주인아저씨가 무당 형들을 데려오면서 그러셨어. '세상에 쓸모없는 것들은 하나도 없어. 저 무시무시한 진딧물도 땅이 건강하니까 생기는 거야.'라고 하셨어. 막내 완두콩인 나도 덩치는 제일 작아도 머리는 가장 똑똑하잖아."

막내 완덩이 그렇게 말하자 완두콩 형제들과 낯선 콩 형제들 모두 크게 웃었어요.

그때였어요. 여기저기서 갑자기 완두콩들의 비명이 들렸어요.

"고, 고라니다. 모두 숨어. 고라니가 나타났어."

텃밭을 돌보던 무당 형들도 잔뜩 겁을 먹었어요.

"무당 형제들도 어서 피해. 주인아저씨도 안 계신데 어떡하지? 완두콩들아 미안해, 우리도 고라니를 막을 방법이 없어."

무당 큰형과 무당벌레 형제들은 텃밭 위를 높이 날아 땅으로 내려오지 못했어요. 어미 고라니 한 마리가 텃밭으로 들어와서는 통통하게 살이 오른 줄기부터 씹어 삼키기 시작했어요.

"아유~ 완두콩 줄기는 정말 맛있어. 비가 안 오니까 더 맛있네. 얼른 먹고 우리 고라니 새끼들에게도 맛있는 젖을 줘야지."

고라니의 입이 완두콩 여섯 형제의 줄기까지 닿았어요. 완두콩들은 너무 겁이 났지만 어마어마하게 큰 고라니를 쫓을 방법이 없었어요. 바로 그때, 텃밭에서 커다란 호랑이 울음소리가 들렸어요.

"어홍, 어홍, 어항, 어헝, 어홍."

그런데, 한두 마리가 아니었어요. 호랑이 다섯 마리가 텃밭 근처에 나타난 모양이었어요.

완두콩 여섯 형제를 막 삼키려던 고라니는 깜짝 놀라 숲으로 달아났어요. 완두콩 여섯 형제들과 다른 완두콩들은 얼떨떨했어요.

고라니를 쫓아낸 호랑이는 진짜 호랑이가 아니라 바로 낯선 콩들이었어요. 콩깍지가 벗겨진 그 콩들은 드디어 자기 이름을 소개했어요.

"안녕, 우리는 어홍, 어홍, 어항, 어헝, 어홍 형제야. 우리는 호랑이강낭콩이야."

호랑이강낭콩 첫째가 형제들을 소개했어요.

"주인아저씨는 혹시 고라니가 나타나면 큰 소리로 우리 이름을 외치라고 하셨어. 우리 몸에는 노란색 바탕위에 빨갛고 검정색 줄무늬가 있어서 호랑이랑 비슷하거든. 그래서 우리는 호랑이강낭콩이야."

"우와, 멋있어. 굉장하다,"

"고마워, 너희들이 우리를 구했어. 아까는 미안했어."

완두콩들은 호랑이강낭콩에게 사과하고 또 고맙다고 인사 했어요. 무당 형들은 호랑이강낭콩이 텃밭을 구한 이야기를 이웃마을에 전했어요.

호랑이강낭콩은 텃밭에서 더 이상 낯설고 이상한 콩이 아니었어요. 그리고 완두콩과 호랑이강낭콩은 모두 친구가 돼서 텃밭에는 행복한 노래가 울려 퍼졌어요.

"완~ 다디두동대덩~"

"어~ 흥흥항형홍~"

그러자, 하늘에서 소나기가 내렸어요. 여름 장마를 알리는 소나기가 시원하게 내리자 텃밭의 생명들이 싱그럽게 웃었어요.

6

희망요양원

희망요양병원은 원래 내과병원이었다. 새 페인트로 덧칠한 병원 외벽에는 미련스럽게 예전 병원 이름 자국이 남아 있었다. 이름이 바뀌었어도 병원을 기억하는 사람들은 아직도 그 병원을 오성진내과라고 불렀다.

이 동네에서 오래 살아온 사람들은 택시에서 내릴 때 이곳을 지목했다. 나이 든 택시 기사들은 이곳 사거리를 이 동네의 상징처럼 알고 내비게이션 없이도 찾아낸다. 변한 것은 겉모습뿐이었다.

집을 나서면 바로 보이는 거리에 희망요양병원이 있었다. 토요일 오후, 수호는 혼자 터덜터덜 걸어 할아버지가 있는 309호에 도착했다.

내과 시절보다 더 많은 환자로 가득 찬 희망요양원은 너무나 조용했다. 병실마다 빈 침대가 없는 3층엔 TV 화면만 펄럭거렸지 사람 소리는 들리지 않았다.

할아버지도 TV를 보고 있었지만 수호가 와서 불러도 대답이 없었다. 수호는 늘 하던 대로 냉장고에서 두유를 하나 꺼내 빨대를 꽂아 할아버지 앞에 두었다. 할아버지의 어깨와 다리를 주무르고 어제 저녁부터 오늘 아침까지의 하나객담을 늘어놓았다.

마지막으로 할아버지가 손도 대지 않은 두유를 마시고 쓰레기통에 던졌다. 쓰레기통에 버려진 빈 두유 팩이 엄마에게 얼마나 큰 위안이 되는지 알기 때문이었다.

"할아버지가 조금 나아지면 다시 집으로 모셔 오자."

어느 저녁, 병원에서 집으로 걸어오던 길에서 엄마는 말했다. 수호는 그 말을 믿지 않았다.

잠깐씩 기억이 나지 않는 할아버지는 가스 불을 켜 두거나 물을 잠그지 않는 것 빼고는 여전히 수호의 할아버지였지만 벌써 일 년째 병원에 갇혀 있다.

그날 밤, 더위에 지친 수호는 잠이 깼다. 열린 문틈으로 엄마, 아빠가 다투고 있는 게 보였다.

"사십오만 원이 적은 돈이 아니잖아요, 그것도 매달."

"그렇다고 정신이 없는 양반을 집에서 어떻게 모셔?"

"수호 고모들도 있잖아요. 우리만 자식인가요?"

"그 얘긴 그만하기로 했잖아."

수호는 방문을 벌컥 열었다.

"내 용돈으로 안 될까요?"

엄마, 아빠는 깜짝 놀라 한동안 멍하니 수호를 보고 있었다.

"네 용돈으로는 어림도 없어."

아빠가 웃었다.

"그러면 앞으로 받을 용돈, 그리고 세뱃돈까지 전부 가져가세요. 부족하면 앞으로 평생 용돈 안 주셔도 되니까 그 돈 가져가세요. 대신, 할아버지는 제가 돌볼게요."

여전히 아빠는 헛웃음을 짓고 엄마는 수호를 품에 안았다.

"우리 아들이 기특하네. 수호 네 마음을 잘 알겠지만 이건 어른들 일이야. 그러니 수호는 걱정 안 해도 돼, 알겠지?"

수호는 어른들 일이라는 말에 아무 말도 하지 못했다. 할아버지를 희망요양원에 가둘 때도 그랬다. 수호는 아직 살아 보지 못한 어른들 세상이 얼마나 대단한지 빨리 마주하고 싶었다.

수호는 용돈을 더 벌기 위해 일요일에도 희망요양원을 찾았다. 엘리베이터 문이 열리자 시큼한 설사 냄새가 났다. 그 위에 진한 모기향 냄새가 섞여 있었다. 회색 연기는 굳게 닫힌 창문에 갇혀 복도를 배회하고 있었다. 연기의 끝은 301호 김순남 할머니 병실이었다. 간호사 선생님들은 설사가 심한 어르신들 방엔 이렇게 모기향을 피웠다.

"안녕하세요?"

"수호구나."

3층 담당 간호사 선생님은 마스크를 고쳐 썼다.

"저희 할아버지는 좀 어떠세요?"

"오늘은 미음 말고 죽을 드셨어. 몸은 점점 나아지고 계셔."

"……."

"정말이야."

"그럼, 앞으로 얼마나 더 있으면 퇴원할 수 있어요?"

"퇴원?"

병원에 오기 전 할아버지는 화장실에서 넘어져 허리를 다쳤었다.

"제가 어른이라면 바로 할아버지를 모시고 집으로 가고 싶지만, 그게 안 되니까 얼마나 더 계시면 퇴원할 수 있는지 궁금해요."

간호사 선생님은 마스크를 벗었다.

"어른들이 아무 말씀 안 하셨어?"

"네."

"나중에 어른들 오시면 물어봐. 내가 대답하긴 좀 곤란하네."

"어른들은 원래 그렇게 답답해요?"

수호는 너무 답답해서 눈물이 났다. 아무것도 할 수 없어서 억울했다. 간호사 선생님은 수호의 머리를 한번 쓰다듬고는 다음 병실로 넘어갔다.

"아이고, 우리 수호가 아침부터 기운이 넘치네. 그러다 폭발하겠어."

바로 옆 병실의 하순봉 할아버지는 오늘도 외출복 차림이었다.

"애태우지 말고 들어와. 시원한 거 줄게."

하순봉 할아버지는 냉장고에서 차디찬 요구르트 하나를 꺼냈다.

"마시고 좀 가라앉혀."

"고맙습니다."

하순봉 할아버지의 병실은 다른 병실과 달랐다. 환자가 머무는 병실이 아니라 조그만 원룸 방 같았다. 침대 시트에선 진한 향수 냄새가 나고 벽에는 낡은 흑백사진부터 최근에 찍은 것처럼 보이는 여행사진도 붙어 있었다. 대부분 풍경사진이었다.

"짜식, 성질 좀 있구나. 너."

"제가요?"

"그래, 보통이 넘어."

"너무 답답해서요."

"뭐가?"

"전부 어른들 마음대로잖아요."

"억울해?"

"네."

"허허, 얼른 어른이 되고 싶겠구나."

"맞아요."

"어른이 되면 좋은 점도 있겠지만 그렇지 않은 것도 많단다."

"그래도 내 마음대로 할 수 있잖아요."

"그렇지만 책임이란 게 따르지."

"책임요?"

"그래, 어른은 그런 거란다. 책임이 있는 행동 때문에 힘들지. 그중에서 가족이 가장 무거운 책임이지."

"가족이요?"

"그래, 난 가족이 없어. 책임질 일이 없다는 거지. 그래서 외롭지."

"저희 할아버지도 외로워요."

"아닐걸."

"어떻게 아세요?"

"얼마 전에 너희 할아버지가 그렇게 얘기해서 알지."

"저희 할아버지가 말을 하셨어요?"

"그래, 가끔 말을 해. 아주 잠깐이지만."

"저희 할아버지는 여기서 나가고 싶어 하셨죠?"

"아니."

"왜요?"

"그건 수호가 직접 물어봐."

"언제 말을 하세요?"

"아침 일찍 와야 할 거야."

"알겠어요. 오늘부터 하루 종일 할아버지 곁에 있을게요."

"기특하구나. 그러면 내가 하나만 알려 주마. 잘 들어라. 우리는 한마디로 부탄가스야."

"부탄가스요?"

"그래. 고기를 열심히 구워 준 부탄가스는 겉은 멀쩡하지만 흔들어 보면 아무 소리도 안 나. 그래서 다시 불을 붙여 본들 잠깐 다시 타다가 또 꺼지는 거지. 겉이 멀쩡하니까 함부로 버리지 못해서 이렇게 마지막 남은 가스를 짜내려고 여기 있는 거야."

"남은 가스를 짜낸다고요?"

"그래, 다 써야 마음 편히 눈을 감을 수 있는데 마음대로 안 돼."

"왜 하필 가스예요?"

"사람의 기억은 가스처럼 점점 날아가 버리잖아."

"아."

"역시 보통이 아냐. 우리 수호는 다 이해하는구나."

"대충은요."

"그래, 가끔 너희 할아버지도 가스에 불이 붙기도 하니까 잘 지켜보거라."

"고맙습니다."

하순봉 할아버지는 벽에 걸린 검정색 중절모의 각을 세우고 머리에 썼다.

"어르신, 오늘은 어디 가세요?"

식판이 수북이 쌓인 수레를 끌던 요양보호사 선생님이 물었다.

"오늘은 티베트에나 가 볼까?"

"에? 거기가 어디예요?"

"중국 서쪽 끝에 있는 지역인데, 불교로 유명하지."

"역시 하순봉 어르신은 모르는 게 없다니까."

"허허허, 이번에는 아는 게 아니라 이미 가 본 곳이야. 거기에 남쵸호수라는 아주 높고 넓은 호수가 하나 있지. 아마 높이가 해발 사천 미터가 넘을 거야. 숨 쉬기도 힘들었지. 거기를 내가 고산병을 이겨 내고 기어이 올라갔다는 거 아냐."

"아이고, 말만 들어도 어지럽네요. 잘 다녀오세요."

"그래. 나중에 보자고."

엘리베이터가 하순봉 할아버지를 황급히 데려가자 요양보호사 선생님이 쪼르르 간호데스크로 달려갔다.

"오늘은 순봉 할아버지가 1층부터 차례로 순방하시나?"

"아마도. 계속 여기저기 돌아다니다 저녁 식사 시간에 돌아올걸?"

"티베트는 어디야?"

"고산지대라니까 5층 어디 병실이겠지."

두 사람은 참았던 웃음을 터뜨렸다. 수호는 그 웃음이 메아리치는 복도를 고산지대를 오르는 심정으로 걸었다. 가슴이 답답했다. 진한 모기향과 비웃음 때문에 숨이 잘 쉬어지지 않는 것 같았다.

수호의 할아버지는 바쁜 엄마, 아빠를 대신해 늘 수호의 보호자였다. 학예회 때도 할아버지. 친구와 싸워도 할아버지. 등굣길 횡단보도 앞 교통지도도 할아버지의 몫이었다.

"수호야, 수호야."

엄마가 부르는 소리에 수호는 잠이 깼다. 수호는 할아버지의 침대에 누워 깜빡 잠이 들었었다.

"애비야."

그 소리에 모두 깜짝 놀랐다. 오랜만에 듣는 할아버지의 목소리었다.

"차 가져왔니?"

"왜요, 아버지?"

"왜긴, 집에 가야지. 차 타고."

아빠는 등을 돌린 채 할아버지를 똑바로 보지 못했다.

"여긴 너무 답답하구나. 집에 가자."

"허리가 다 나으면 가요, 집에는."

아빠는 울음 섞인 목소리로 어렵게 그 말을 뱉어 냈다. 할아버지는 그 소릴 듣고는 스르르 침대에 몸을 뉘었다. 금방이라도 일어나서 집으로 갈 것 같았던 당당한 모습은 온데간데없었다.

"할아버지, 나가고 싶어요?"

할아버지는 눈을 감았다.

"아빠, 같이 가요."

"안 된다."

"저 학교 안 가도 돼요. 그냥 할아버지랑 집에 있을게요."

"무슨 소리야?"

아빠는 버럭 소리를 질렀다.

"할아버지는 부탄가스란 말이에요."

수호도 소리를 질렀다.

"뭐라고?"

"얼마 남지 않은 거, 저도 잘 알아요. 그러니까 집으로 가자고요."

"어린 녀석이…… 뭘 안다고 그래?"

아빠는 기어들어 가는 목소리를 들릴 듯 말 듯 쏟아 내고는 병실을 빠져나갔다. 수호는 엄마 품에 안겨 한참을 흐느꼈다.

"저기, 동의서에 사인이 하나 빠져서요."

간호사 선생님은 돌아가는 아빠에게 이상한 사인을 요구했다. 할아버지 상태가 갑자기 나빠지는 응급 상태가 되면 심폐소생술을 하지 않는 것에 대한 동의서였다. 더 이상했던 건 아빠였다. 그냥 사인을 안 하면 될 일을 아빠는 다음에 와서 하겠다며 미뤘다.

수호는 결심을 했다. 더 이상 할아버지를 희망요양원에 둘 수가 없었다.

다음 날 새벽. 수호는 할아버지의 방에서 무언가를 챙겨 병원으로 달렸다. 할아버지가 다시 한 번만 가스 불에 불을 붙여 주기만 바랐다.

"할아버지, 할아버지. 저 왔어요."

"수호구나."

"우리, 나가요."

수호는 할아버지와 손을 잡고 엘리베이터 앞에 섰다. 다행히

요양보호사, 간호사 선생님 아무도 나타나지 않았다. 수호는 가슴이 조마조마해서 할아버지의 손을 꼭 잡았다. 할아버지는 어린아이처럼 신난 표정이었다.

첫차를 타고 인천공항으로 달렸다. 버스가 달리는 방향으로 해가 따랐다. 차창 밖으로 사물의 윤곽이 뚜렷해지자 할아버지의 깊은 주름에도 빛이 들었다. 생기 넘치는 눈으로 바깥 풍경을 가득 담았다.

수호는 할아버지의 손을 놓지 않았다. 붐비는 사람들 사이에서 할아버지를 잃어버리기라도 하면 큰일이었다. 그동안 모은 용돈을 세어 보니 오십만 원이나 됐다. 할아버지의 방에서 몰래 가져온 여권에 그 돈을 끼웠다.

"할아버지, 티베트로 가세요."

"같이 안 가?"

"전 여권이 없어요."

"근데, 수호야. 왜 하필 티베트야?"

"할아버지, 하순봉 할아버지가 말씀하셨는데요. 할아버지는 부탄가스래요."

"내가 부탄가스라고?"

"네, 그래서 쓸 수 있는 가스가 이제 얼마 남지 않았대요."

"그거 말 되는구나."

"티베트에 가면 하늘 바로 아래에 남쵸호수라고 있대요."

"남쵸호수는 나도 알아."

"네, 그긴 공기가 많이 부족하대요. 인터넷에서 찾아보니까 고산지대에는 조그만 가스로도 불이 잘 붙는대요. 그러니까 거기로 가시면 좀 더 오래 살 수 있을 거예요."

"나더러 더 가늘고 길게 살아 있으라는 뜻이지?"

"네, 제발 저 어른 될 때까지만 살아 있어요. 제가 나중에 할아버지 찾으러 갈게요."

"수호야, 그건 너무 무책임한 일이야. 미안하구나. 할아버지는 우리 손자도 좋지만 아들이 너무 보고 싶구나."

"아들요?"

"그래, 수호의 아빠. 내 아들 말이다. 아무리 나이가 들었지만 너희 아빠는 아직도 나한테는 어린아이 같단다. 내가 곁에서 지켜 줘야 해."

"지금 그게 뭐가 중요해요?"

"나한텐 무엇보다 중요하단다."

"저는요?"

할아버지는 대답대신 수호를 와락 안았다. 할아버지는 아무 소리도 들리지 않을 만큼 꽉 안아 주었다. 얼마나 지났을까. 천천히 고막에 압력이 빠지더니 멀리서 누군가의 울음소리가 들렸다. 그건 아빠의 울음소리였다. 한밤중, 요양원에서 할아버지의 임종 소식을 전해 들은 아빠는 온 집안이 떠나갈 듯 울었다. 나와 엄마도 따라 울었다.

아빠는 할아버지의 임종을 보지 못한 것을 장례식 내내 후회했다. 수호는 어쩌면 그날 꿈이 할아버지의 마지막 말일 것 같아 아빠에게 들려줬다.

"남쵸호수 이야기를 하셨다고?"

"네."

"그건 진짜야. 진짜 할아버지 이야기야."

"하순봉 할아버지 이야기가 아니에요?"

"아니야, 할아버지가 젊어서 무역일 하실 때 티베트에 다녀오신 적 있었어. 종종 남쵸호수도 말씀하셨고. 아마 하순봉 영감님은 아버지 이야기랑 본인 이야기랑 헷갈린 거 같다."

"부탄가스 이야기는요?"

"응, 그건 아빠 별명이야. 어릴 적에 하도 말썽을 부려서. 언제 폭발할지 모르는 가스처럼 사고를 친다고 붙여진 별명이야."

수호는 아이처럼 우는 아빠를 꼭 안았다.

소곤소곤병

"엄마, 저 병에 걸렸어요."

"뭐어?"

엄마는 눈이 튀어나올 것처럼 커지면서 곧 태어날 동생을 쓰다
듬었다.

"얘가 지금 무슨 말을 하는 거야?"

이번에 엄마는 침을 꼴깍 삼켰다.

"진짜 병에 걸렸다는 거야?"

"네."

"무슨 병?"

"소곤소곤병요."

"소금소금?"

"소곤소곤."

"그게 뭐야?"

"병 이름이 소곤소곤이에요."

"장난하지 마."

엄마는 동그랗고 커다란 배를 쓰다듬으며 웃었다.

"애, 엄마는 태어나서 그런 병은 처음 들어 봐."

"엄마, 우리 반 애들 전부 이 병에 걸렸어요."

"그 병에 걸리면 어때. 아파?"

"아뇨."

"그럼?"

"전부 소곤소곤 이야기해요."

"아하하하하하."

엄마가 웃자 팔팔 끓은 주전자도 '베에~' 소리를 내며 같이 웃었다. 유진은 주전자에게 괜히 눈을 흘겼다.

"엄마, 저 정말 걱정이 돼서 그래요."

"미안. 그럼 우리 앉아서 천천히 이야기해 보자."

엄마는 직접 수확해서 절인 유자차를 꺼냈다. 숟가락이 찻잔에 부딪치는 소리가 유진의 마음을 설레게 하더니 상큼하고 달달한 맛은 마음을 따뜻하고 포근하게 해 줬다.

유진과 엄마는 서울에서 남해로 이사 온 뒤로 함께 빨래를 개고 마루를 닦았다. 큰 그릇에 밥과 반찬을 털어 넣어 비비고 정해

진 방도 없이 잠을 잤다. 녹차를 우려내 마시고 고구마를 쪄 먹고
는 방귀도 마음대로 뀌었다. 그리고 최근엔 조금씩 이야기를 시
작했다. 서울에선 상상도 못했던 시간이 금세 흘러갔다.

"그래, 우리 딸. 그 소곤소곤병에 대해 얘기해 보자."

"네."

"그 병이 도대체 뭐니?"

"크게 말할 수 없는 병이에요."

"또?"

"가슴이 막 빨리 뛰어요. 어떨 때는 불안하고 조마조마해요."

"지금은?"

"유자차를 마시니까 좀 나아졌는데요. 아까도 조마조마하면서
심장이 막 뛰었어요."

"흐음."

엄마는 드디어 진지한 표정으로 바뀌었다.

"그 병은 어떻게 시작된 거야?"

"엄마, 내 짝꿍 가은이 알죠?"

"응. 얼마 전에 전학 온 친구?"

엄마도 동네에서 한 번 본 적 있는 이가은. 가은이가 소곤소곤
병의 원인이었다. 유진의 반엔 책상이 모두 여덟 개인데 유진의

옆 자리엔 아무도 없었다. 학교엔 4학년이 한 반뿐이라서 유진은
누군가 전학 오기만을 기다렸다.

"안녕. 난 유진이야."

가은이 화들짝 놀랐다.

"저기, 유진아."

가은은 아주 작은 목소리로 말했다.

"미안한데, 조금만 작게 말해 줄래?"

"어, 어. 반가워."

유진은 정말 작은 목소리로 말했다.

"조금만 더 작게."

"이. 정. 도?"

"조금만 더."

"왜 그러는 거야?"

"응, 나 사실 귀가 좀 아파. 그래서 큰 소리로 이야기하면 정신
이 하나도 없고 막 어지러워. 병명은 의사 선생님도 모르신대. 그
냥 내가 너무 예민하대."

유진은 처음엔 그냥 그러려니 했다. 이 학교에 전학 온 대부분
의 아이들이 그렇듯 사연 하나쯤이야.

그래서 유진은 다른 친구들에게 가은을 소개시킬 때마다 몰래

아이들을 밖으로 불러냈다.

"왜왜?"

"왜에?"

아기 목소리처럼 귀여운 목소리를 내는 승호가 묻자, 궁금한
게 항상 많은 영민이 따라 물었다.

"나도 자세히는 모르지만 귀가 좀 아프대. 그래서 큰 소리로 막
떠들고 그러면 어지럽대."

"그럼 내 방귀 소리에도 놀라겠지?"

"그건 냄새 때문에 싫겠지. 더러워."

까칠한 주형은 한 발 뒤로 빠지며 방귀쟁이 민재를 밀쳐 냈다.

"그래서 전학을 왔겠지. 다행히 우리 반에서 제일 착한 유진이
짝꿍이네."

늘 언니 같은 은지가 유진의 어깨에 손을 올리자 보라가 그 사
이로 끼어들었다.

"그건 나지. 유진이보다는 내가 좀 더 착할걸."

아이들은 가은의 문제를 가볍게 생각했지만 교실은 점점 살얼
음판이 되어 갔다.

"아, 냄새."

방귀쟁이 민재는 가은을 위한 환경에 맞게 진화를 했는지 소리

없이 냄새를 풍겼다. 민재 주변에 앉은 아이들은 소리를 질렀다. 교실은 금방 난리가 났다. 가은은 제일 먼저 두 손으로 머리를 감싼 채 책상 아래로 숨었고, 냄새를 맡은 아이들은 팔을 휘저으며 밖으로 뛰쳐나갔다.

유진은 아이들을 밖으로 불러내 따끔하게 주의를 줬다.

"미안. 깜빡했어."

"니들 가은이 옆에 하루씩 앉아 봐. 무슨 일 터질까 봐 심장이 쫄깃쫄깃하거든."

"그래서 난 소리 없이 분출했다."

아이들은 모두 입을 막고 키득거렸다.

조심스럽기는 선생님도 마찬가지였다.

"이가은, 내 목소리 잘 들리니?"

"아, 너무 크다."

유진은 선생님께 엄지와 집게손가락으로 '볼륨다운'의 손짓을 했다. 그러면 선생님은 '오케이' 사인을 보냈다.

가은이 전학 온 뒤로는 친구들 모두 바닥에 앉아 수업을 하는 날이 많았다. 선생님은 큰 소리를 내지 않아도 됐고 아이들도 그 소리를 들을 수 있었다. 하지만 음악시간은 가장 큰 문제였다.

"이가은, 이 소리 어때?"

선생님은 피아노 건반을 하나 살짝 눌렀다.

"아, 파샵이네."

"응?"

"파샵."

유진은 가은이 절대음감을 가진 천재일지도 모른다는 생각을 했다. 그런 생각을 하느라 선생님께 피아노 소리가 큰지 작은지 알려 드리는 걸 깜빡했다. 선생님은 자신 있게 피아노 건반을 쳤다.

"악, 도파라!"

가은은 머리를 감싸며 바닥에 엎드렸다. 유진은 손바닥을 쫙 펴서 목을 쳤다. 거기서 자르란 얘기였다. 선생님은 평소 같으면 "박유진, 그런 거 하는 거 아냐."라고 했을 텐데 얼마나 당황했으면 양손으로 오케이를 몇 번이나 했다.

그뿐만이 아니었다. 체육시간엔 호루라기 사용금지. 응원 금지, 박수 금지. 그렇게 학교에서 모든 대화는 소곤소곤 이야기하기 시작했다.

"그렇구나. 왜 소곤소곤병인지 알겠네."

"엄마 어쩌면 좋죠?"

"꽤 어려운 문제구나. 그리고 이제 4학년인데, 여기선 6학년 때까지 같은 반에 계속 있어야 하니까."

"……."

"왜, 졸업까지 너무 많이 남아서 걱정돼?"

"아뇨."

"그럼, 어떤 게 걱정되는 거야?"

"그다음엔 어떡해요?"

"그다음이라니?"

"초등학교 졸업하고 다시 도시로 나가면 누가 가은이 옆에서 소곤소곤 이야기해 줄까요?"

"유진아, 그래서 조마조마했던 거니?"

"네."

"가은이 걱정돼서?"

"이제는 냄새나는 민재, 까칠한 주형이, 아기 목소리 승호, 성격이 급해서 혼자 맨날 질문해 대는 영민이, 가끔 저와 티격태격 다투는 보라랑 우리 둘을 화해시키는 언니 같은 은지처럼 가은이도 소중해요."

"가은이 누군가한테 상처받을까 봐 걱정 돼?"

"네, 저처럼요."

"그래, 가은이가 유진에게 무슨 말 안 했어?"

"고맙대요. 소곤소곤 말해 줘서 고맙다고. 다른 친구들에게도 그렇게 말했어요."

"그 말을 들었을 때 어땠니?"

"고마웠어요. 그냥, 고마워서 눈물이 날 것 같았어요."

"엄마도 고맙구나. 가은이가 우리 유진에게 그렇게 말해 줘서."

"그래서 더 조마조마해요."

"괜찮아. 그건 나쁜 신호가 아냐. 유진의 마음이 낫는 신호야. 그동안 힘들었던 마음이 조금씩 나아지는 거니까 걱정 하지 마."

"정말요?"

"그래. 엄마는 사실 다른 걸 걱정했는데."

"어떤 거요?"

"혹시 가은이가 유진이에게 귀찮은 친구가 아닐까 하고. 우리 유진의 인내심이 바닥나서 가은이가 불편하고 싫어지는 게 아닐까 걱정했지."

"아니에요."

"그래서 다행이야. 유진이 받은 상처를 다른 친구에게 주지 않아서."

엄마는 유진을 꼭 안았다.

"엄마, 세상 사람들 모두 이 병에 걸렸으면 좋겠어요."

"왜?"

"큰 소리 내지 않아도 말할 수 있잖아요."

"그야, 그렇지. 근데 너무 불편하지 않을까?"

"불편한 걸 참으면 친구가 생기잖아요."

"그렇구나."

"엄마가 말씀하셨잖아요. 이 유자차도 처음엔 쓴맛이 느껴지는데 천천히 맛을 느끼다 보면 달콤한 맛이 은은하게 퍼진다고."

"친구도 그런 존재구나."

유진은 엄마의 커다란 배를 안았다. 새로운 생명이 꿈틀거렸다.

아빠의 시간

아침 해가 떴지만 아이의 눈은 그것보다 더 빛나는 기계화면 속에 푹 빠져 있어요.

"휘 삐삐 울리우."

창밖에서 꾀꼬리가 불러 보지만 민우는 아빠의 핸드폰으로 유럽을 벌벌 떨게 했던 독일군과 2차 세계대전을 치르는 중이거든요.

"찌르르르."

이번에는 풀벌레가 불러 보지만 민우는 탱크를 타고 프랑스의 노르망디를 상륙하는 중이네요.

"민우야, 풀벌레가 밖에서 놀자고 부르네. 아빠랑 같이 밖에 나가서 놀지 않을래?"

"밖에서 뭐 하고 놀아요?"

민우는 아빠의 말에 대답을 했지만 시선은 핸드폰에 고정되어 있어요.

"아빠랑 어렸을 때 풀피리 만들었는데, 기억나지?"

"네, 근데 지금은 그거 재미없어요."

며칠째 아빠는 민우와 전쟁을 치렀어요. 산새 소리와 바람소리가 그윽한 등산길, 시냇물이 졸졸 흐르는 냇가를 휘감은 둑길을 함께 걷고 싶은 아빠와 온종일 게임만 하고 싶은 아들은 지금까지 한 치의 양보도 없었어요. 민우는 잔소리꾼 엄마를 벗어나 핸드폰 게임을 하염없이 해도 잔소리하지 않는 아빠의 곁에 머무는 방학을 기다렸거든요.

결국 아빠가 포기하고 핸드폰 게임 화면만큼이나 화려한 색깔의 약이 주렁주렁 붙은 봉지 하나를 툭 잘라 냈어요.

아빠는 건강이 나빠져서 고향에서 몇 달째 요양 중이에요.

엄마는 민우가 아빠와 함께 시골에서 보내는 시간만큼 만이라도 자연과 친해지고 아빠와도 더 가까워지길 바랐어요.

"음모~"

어릴 적 민우를 기억하는 누렁이가 조금 멀리서 민우를 불러보지만 민우는 듣지 못했어요. 민우는 송아지였던 누렁이에게 볏짚을 물려 줬었거든요.

"멍멍."

그보다 조금 더 멀리서 깡깡이가 민우를 불러 보지만 민우는

'탕탕' 총을 쏘는 중입니다. '이놈 할머니'가 키우는 깡깡이는 민우가 지어 준 이름이에요. 까만 새끼 강아지에게 튼튼하게 자라라고 붙여 준 이름이었어요. 깡깡이는 잘 자라서 지금은 어른이 됐어요. 그리고 마침내 마을 뒷산 입구에 혼자 사시는 '이놈 할머니'가 민우를 부르네요.

"민우야, 내 새끼 이놈 민우야, 이리 와서 옥수수 가져가라."

공기가 맑고 깨끗한 시골에는 저 멀리 할머니의 목소리가 선명하게 들려요.

이놈 할머니는 아빠의 이모예요. 그래서 민우는 할머니를 이모할머니라고 부르기도 하지만 말씀 중에 "이놈, 이놈." 해서 '이놈 할머니'라는 별명이 붙은 거래요.

이모할머니는 민우가 왔다는 소식을 듣고 맛있는 옥수수만 골라 찜통에 집어넣었어요. 아빠를 따라 산에 갈 민우를 위해 따끈따끈한 옥수수를 준비했지만 민우는 전쟁터에서 사귄 친구들과 채팅을 하느라 혼자 웃고 떠들고 있어요. 그 모습을 가만히 보고 있던 아빠가 민우를 불러 봅니다.

"민우야, 아빠랑 산에 가지 않을래?"

민우는 이번에도 아빠의 얼굴을 보지도 않고 대답을 합니다.

"아니요, 집에 있을래요. 밖에 나가면 벌레도 많고 더워요."

민우는 수류탄으로 적군을 무찔렀어요.

"민우야, 아빠 혼자 산에 가도 괜찮겠어?"

"네."

민우는 아빠의 새 등산복을 보지도 않고 대답했어요.

"그러면, 혹시 마음이 바뀌거든 이놈 할머니 댁으로 와. 알았지?"

벌써 몇 시간이 지났어요. 아빠의 핸드폰이 너무 뜨거워져서 민우는 잠시 게임을 멈췄어요.

'깜빡깜빡.'

핸드폰 배터리가 배고프다고 신호를 하더니 꺼져 버렸어요.

"에잇, 무슨 배터리가 이렇게 빨리 죽지? 거의 다 끝났는데."

민우도 갑자기 배가 너무 고팠어요. 시간이 열두 시를 막 지나고 있었거든요.

"아빠, 저 배고파요."

집안에는 아무 소리도 들리지 않았어요.

"아빠?"

그때서야 민우는 아빠가 아침에 산에 갔다는 사실이 생각났어요.

민우는 갑자기 너무 불안했어요. 엄마가 민우에게 부탁했던 일이 생각났거든요.

"방학 동안만 아빠랑 시골에서 지내. 아빠는 지금 몸이 편찮으시니까 우리 민우가 잘 돌봐 드려."

핸드폰이 충전이 덜 돼서 엄마에게 전화를 할 수가 없었어요. 게다가 아빠가 무슨 옷을 입고 나가셨는지도 몰랐어요. 그러다 이놈 할머니가 생각났어요.

"맞다, 아빠가 이놈 할머니 댁으로 오라고 하셨어."

아빠의 핸드폰은 충전기에 꽂아 두고 민우는 대문 밖으로 나섰어요. 산골마을엔 집이 몇 개 없었지만 골목길이 많아서 어디로 가야 할지 막막했어요. 아빠 없이 혼자 그 길을 다녀 본 적이 없었거든요.

"휘 삐삐, 휘 삐삐 울리우."

그때, 꾀꼬리가 민우를 불렀어요.

"나한테 지금 말하는 거니?"

꾀꼬리는 민우보다 조금 앞서 날며 계속 노래했어요. 민우는 그 소리가 신기해서 입술을 오므리고 휘파람을 불었어요.

"휘~이, 삐~이."

민우의 휘파람 소리도 제법 꾀꼬리처럼 청아했어요. 그러자 조금 더 앞 풀숲에서 풀벌레가 속삭였어요.

"찌르, 찌르, 찌르르르."

민우는 풀밭에서 길고 가는 잎을 하나 뚝 끊어서 아빠랑 같이 불던 풀피리를 불었어요.

"뻡~ 삐이."

신기하게도 소리가 났어요. 몇 년 만에 다시 만들어 본 풀피리였는데 소리가 잘 났어요.

"삐리 빕, 삐익."

신나게 다시 풀피리를 불자 언덕길에서 누렁이가 민우를 애타게 불렀어요.

"음모~ 음모."

민우는 한달음에 언덕 위로 뛰어갔어요. 누렁이는 금방이라도 눈물이 뚝뚝 흐를 것 같은 큰 눈으로 민우를 쳐다봤어요.

"누렁아, 나 기억해?"

누렁이는 대답 대신 길고 큰 혀를 쭉 내밀어 입술을 닦았어요.

민우가 쌓아 둔 볏짚더미에서 지푸라기 한 움큼을 잡아서 내밀자 누렁이가 긴 혀로 볏짚을 휘감더니 금방 입속으로 삼켰어요.

"으아아, 침이 내 손에 다 묻었어."

민우는 환하게 웃었어요. 고개를 돌리자 언덕 아래 이놈 할머니 집이 보였거든요. 언덕 위에 올라서서 마을 이곳저곳을 둘러

봤어요.

몇 년 만에 찾아온 시골 마을은 변한 게 거의 없었어요. 민우는 마을 입구에서 언덕까지 이어진 길을 쭉 훑어보니 하나하나 기억이 났어요.

버스정류장에서 논길을 따라 이어진 흙길은 비만 오면 발이 푹푹 빠졌어요. 풀벌레 소리를 쫓아다니다 커다랗고 긴 뱀을 만나 깜짝 놀랐던 일. 아빠와 함께 집 뒤 얕은 개울에서 가재를 처음본 일. 창문을 활짝 열고 꾀꼬리와 뻐꾸기 울음소리를 휘파람으로 따라 불렀던 일. 모두 아빠와 민우의 추억이 가득한 놀이터 같은 곳이에요.

그리고 마침내 민우가 그렇게 귀여워했던 깡깡이가 생각났어요.

민우는 언덕 아래 이놈 할머니 집을 향해 큰 소리로 불렀어요.

"깡깡아, 깡깡아."

그러자 거짓말처럼 할머니 집에서 시커멓고 커다란 뭔가가 튀어나왔어요. 긴 꼬리를 휘두르며 혀를 잔뜩 내민 어른 깡깡이가 민우에게 달려왔어요. 민우는 무릎을 굽힐 사이도 없이 부쩍 커버린 깡깡이를 가슴 가득 안았어요. 그런데 참 이상하게도 눈물이 날 것 같았어요. 깡깡이의 따뜻한 체온이 전해지고 달려온 녀석의 쿵쾅거리는 심장소리가 들렸을 뿐인데 민우의 심장도 힘차

게 뛰었어요.

"민우야, 이놈아. 옥수수 먹어라."

이놈 할머니가 집 앞에 나와 있었어요. 그 뒤로 노란색 티셔츠를 입은 아빠도 보였어요. 민우는 마음이 놓였어요.

아주 조금 달리다 한 바퀴 돌고 또 조금 달리다 동그라미 두 바퀴를 휙 도는 깡깡이 때문에 어지러웠지만 깡깡이의 안내를 받고 이놈 할머니 집으로 들어갔어요.

노랗게 잘 익은 옥수수가 대나무 소쿠리에 가득 담겨 있었어요. 아빠는 그중 제일 큰 옥수수 하나를 집어 민우에게 건넸어요.

"민우가 직접 왔으니 옥수수는 여기서 먹고 가자."

민우는 옥수수를 맛있게 한입 베어 물었어요.

"옥수수만 먹고 간다고? 이놈아. 할미 집에 왔으면 저녁까지 먹고 가야지."

평소 같았으면 민우는 투덜거렸을 거예요. 이제 점심때인데 몇 시간을 더 핸드폰이나 컴퓨터 없이 보내야 해서 지루했을 테니까요. 하지만 민우는 지금 깡깡이의 재롱을 보느라 정신이 없었어요.

"이모, 오늘은 진짜 저녁까지 먹고 가야겠네요. 민우 저 녀석, 한번 재미있는 놀이에 빠지면 말려도 소용없어요."

"그래? 잘됐구나, 이놈. 오늘 점심엔 할미가 직접 쑨 메주로 만든 된장찌개다."

"할머니, 김치전도 해 주세요."

"오냐, 이놈아. 안 그래도 김치전 해 주려고 오늘 아침에 낳은 싱싱한 달걀을 준비해 뒀다."

할머니의 부엌에서 구수하고 달콤한 냄새가 흘렀어요. 배가 고팠던 민우는 벌써 두 개째 옥수수를 뜯고 있어요. 아빠는 그런 민우를 보며 흐뭇하게 웃었어요.

"맛있니?"

"네, 옛날에 먹었던 그 맛이에요."

"너 일곱 살 때였는데 기억이 나니?"

"그럼요, 아빠. 깡깡이 이름도 제가 지었잖아요."

"맞다. 그랬었지."

아빠는 민우가 그런 좋은 기억을 잘 간직하고 있어서 다행이라고 생각했어요.

"자자, 우리 민우가 좋아하는 김치전이다."

민우는 옥수수를 두 개나 먹었는데 군침이 돌았어요.

"부전자전이라더니 아빠 닮아서 우리 민우도 김치전을 좋아하는구나."

"정말요?"

민우는 아빠가 어떤 음식을 좋아하시는지 잘 몰랐었거든요. 아빠는 민우에게 더 큰 조각을 떼어 주고 남은 김치전을 맛있게 먹었어요.

"이모, 옛날 맛 그대로네요. 비결이 뭐예요?"

"비결? 비결은 무슨. 그냥 재료가 똑같은 거겠지, 예나 지금이나. 변하는 건 사람의 입맛이야. 여긴 그대로잖아."

민우는 한참 동안 아빠의 얼굴을 들여다봤어요. 건강이 좋지 않은 아빠는 시골에서 생활한 뒤로 더 건강해진 것 같았어요. 민우는 아빠가 처음 병원에 입원했을 때 아주 잠깐 무서운 생각을 한 적이 있었어요.

"저기, 아빠. 죄송해요."

"응?"

"아빠랑 같이 매일 시간은 보내고 있지만 아무것도 한 게 없어서요."

"아냐, 그런 소리 마. 아빠는 우리 민우가 이렇게 아빠랑 같이 밥도 먹고 같은 공간에서 숨 쉬는 것만으로도 행복하단다."

"정말요?"

"그럼. 아빠의 시간은 지금 멈춰 있는 것 같아. 이모할머니도 그대로고 우리 민우도 예전에 뛰어 놀던 그 모습이고."

아빠는 민우의 머리를 쓰다듬었어요. 민우는 아빠와 더 많은 시간을 보내기로 마음먹었어요.

이오의 깃털

"이오."

"⋯⋯."

"이오, 그만 자고 일어나. 아기들 돌봐야지."

아내 미오였다. 이오는 꿈을 꾸고 있었다. 습지 위 연꽃잎 위로 사뿐거리는 아내의 뒤를 따랐다. 그녀의 아름다운 노란색 뒷목을 쓰다듬으며 걸었다. 다른 물꿩들이 부러운 듯 쳐다봤지만 미오는 오로지 자신만을 바라보았다. 그런데 그것은 꿈이었다. 벌써 해가 뜨고 그녀의 다른 두 남편은 아침 식사 준비에 바빴다.

꿈과 현실은 너무 달랐다. 미오의 두 남편들은 이곳에서 알아주는 멋쟁이였다. 길고 매끈한 꼬리 깃털과 윤기 나는 노란색 뒷목까지. 이오의 모습은 초라했다. 게다가 오늘은 이오가 늦잠까지 자 버렸다.

"이오는 좀 부지런해야 해."

"미안, 어제 인간들 피해 다니느라 조금 피곤했어."

최근 들어 물소 떼가 이곳을 자주 침범했다. 그리고 물소를 이 끄는 작은 인간들도 이곳을 헤집고 다녔다. 물소의 등에 올라탄 인간들은 물속으로 뛰어들었다.

"trĩ, trĩ. anh chị(꿩, 꿩이야. 형아)."

"đâu(어디)?"

인간들은 알아들을 수 없는 소리를 지르며 연꽃잎 위에서 아기들을 품고 있던 수컷들을 공격했다. 몸놀림이 빠른 꿩들의 깃털도 하나 건드리지 못한 인간들은 둥지들을 처참하게 휘저었다. 그자들의 무지막지한 행동으로 많은 아기들이 물속으로 가라앉았다. 며칠 동안 이 집 저 집에서 어미들의 통곡소리가 끊이질 않았다. 벌써 몇몇 가족들은 평생을 살아온 이곳을 떠났다.

"이오, 우리도 곧 이곳을 떠나야 해. 곧 폭풍우도 몰려올 거야."

"무슨 소리야. 아기들은 어쩌고?"

"지금은 어쩔 수 없어. 다른 남편들도 동의했어."

"그럴 수 없어. 어떻게 부모가 아이들을 버린단 말이야?"

"안타깝지만 아이들은 또 가지면 돼. 다행히 건강한 남편들도 있으니까."

그녀는 차가웠다. 아름다운 외모의 그녀는 미모만큼이나 마음이 아름답지 않았다. 이오가 그토록 사랑했던 아내는 하늘에서 떨어진 우박처럼 차가웠다. 물꿩은 하나의 아내와 여러 남편들로 가정을 이뤘다. 알을 낳는 것은 아내의 몫이지만 알을 품고 키우고 가르치는 것은 남편의 몫이었다. 그중에서 부성(父性)이 가장 강한 녀석이 이오였다. 아내의 다른 남편들이 먹이를 찾아 헤매는 동안 이오는 종일 아이들을 품었다. 그리고 곧 아이들이 알을 깨고 세상으로 나올 때가 다가왔다. 며칠째 이오는 꼼짝을 하지 않았다. 오로지 아이들을 빨리 끄집어내 나는 연습을 시키고 싶었다. 아이를 버리는 일은 상상도 하기 싫었다.

그런데 이오는 왼쪽 날개 쪽에서 날카로운 통증을 느꼈다. 며칠 동안 날갯짓 한번 제대로 하지 않아 상처가 곪는 것도 눈치채지 못했다. 깃털 하나가 약간 휘어져 있었다. 부리로 몇 번을 고쳐 세우려 했지만 통증이 심해 그만뒀다.

또 며칠이 흘렀다. 이제는 옆집 식구들도 이곳을 떠났다. 주위를 둘러보니 남은 것은 이오의 둥지뿐이었다. 갑자기 누군가 성큼성큼 이곳으로 달려왔다. 미오와 그녀의 첫 번째 남편이었다.

"이오, 빨리 날아. 날아올라."

"무슨 일이야?"

"지금 물뱀들이 이곳으로 오고 있어. 한두 마리가 아니야."

큰일이었다. 이오는 뱀들에게 공격당할 확률이 높아진 것을 깜빡했다. 주위의 둥지들은 텅텅 비었고 먹이가 부족해진 뱀들이 난폭하게 변했을 것이다.

"어서 피해야 해."

"둘째는?"

"그는 벌써 당했어. 뱀들이 아기들은 공격해도 어른은 공격하지 않는데, 이번엔 달라."

잡아먹지도 못하는 꿩을 공격해서 죽였다면 상황이 심각했다. 그렇다고 이오는 아이들을 두고 혼자 도망갈 수도 없었다.

"난 가지 않을래. 둘은 도망가."

"미쳤어. 이오, 아이들은 다시 낳으면 돼."

"그런 말 마. 세상에 똑같은 아이는 없어."

"넌 바보야, 멍청이."

미오는 그녀의 잘생긴 첫 번째 남편과 함께 유유히 날갯짓을 했다. 그들의 몸이 서서히 공중으로 떠오르더니 한 바퀴 이오의 머리 위를 돌았다.

"지금이라도 늦지 않았어, 이오. 지난여름 우리가 함께 했던 동쪽 습지로 와. 태양이 두 번 떠오르면 도착할 거야. 기다릴게."

이오는 그녀의 뒷모습을 한참 동안 바라보았다. 노란색 목덜미가 더 이상 아름답게 보이지 않았다.

이오가 그토록 부러워했던 첫 번째 남편의 검은색 꼬리 깃털도 초라해 보였다. 살기 위해 달아나는 구차한 생명일 뿐이었다. 그때 이오가 엎드린 연꽃잎 쪽으로 강한 파동이 밀려왔다. 한두 마리의 물뱀이 만들어 내는 것 같지 않았다. 무언가 빠르고 강력한 것이 다가오는 것이 느껴졌다. 지금까지 경험하지 못한 공포가 밀려왔다. 파도가 점점 큰 산을 만들며 이오를 덮쳤다.

'냄새!'

뱀은 냄새를 맡고 이오의 둥지를 찾아올 것이다. 이오는 재빨리 몇 걸음 떨어진 연꽃잎으로 달렸다. 눈을 질끈 감고 구부러진 깃털을 부리로 뽑아냈다. 검붉은 피가 울컥 쏟아졌다. 이오가 연꽃잎 위에 오른쪽 날개를 툭툭 털자 피가 이리저리 튀었다. 그리고는 날개를 물속에 담갔다. 이오의 머릿속에는 아기들을 지켜야 한다는 생각뿐이었다. 이오의 깃털은 아이들이 있는 쪽으로 힘없이 날아갔다.

그때였다. 물 밖으로 머리를 치켜든 커다란 뱀 한 마리가 이오가 있는 쪽으로 모습을 드러냈다.

이오의 피 냄새를 맡았는지 놈의 혀는 잠시도 쉬지 않고 날름

거렸다. 이오는 둥지와 뱀을 번갈아 쳐다봤다. 뱀이 제발 둥지 쪽으로 가지 않기를 기도했다. 이오는 몸을 다시 물속에 담갔다. 그때 다리에 뭔가 뜨끔한 느낌이 들었다. 이오는 급히 날갯짓을 하며 하늘로 솟구쳤다. 다른 뱀 한 마리가 이오의 다리를 물고 딸려 올라오다 무게 때문에 물속으로 곤두박질쳤다. 그 바람에 다른 뱀도 이오가 있는 쪽으로 방향을 틀었다. 이오는 다시 연꽃잎으로 내려앉아 두 마리의 뱀을 유인했다. 다행히 두 녀석 모두 이오에게 따라붙었다. 다리를 절뚝거리며 이오는 둥지에서부터 멀리 내달렸다. 그 사이 몇몇의 뱀이 더 늘어났다. 이오는 죽을힘을 다해 달렸다. 그리고 마침내 이륙했다.

아이들을 지켰다는 사명감이었을까. 이오는 오른쪽 날개와 뱀에게 물린 다리에 통증이 느껴지지 않았다. 태어나서 처음으로 날갯짓이 부드럽고 힘찼다. 이오는 이대로 힘이 다할 때까지 날아가도 괜찮을 것 같았다.

어차피 아내와 헤어졌고 더 이상 아이들을 지켜 낼 힘도 없었다. 갑자기 하늘 위에서 그림자 두 개가 나타났다. 먼저 도망친 미오와 그녀의 첫 번째 남편이었다.

"이오, 미안해. 다시 돌아왔어."

"……."

"몰골이 왜 이래, 괜찮아?"

"난 괜찮으니까, 아이들을 부탁해."

"걱정 마. 아이들은 내가 꼭 살릴게."

"나는 어려울 것 같아."

"무슨 소리야, 이오."

"오른쪽 날개와 다리에 감각이 없어."

이오의 몸을 살피던 첫 번째 남편이 소리쳤다.

"이오, 다리의 상처는 독이 없는 뱀이야. 죽지 않아."

이오는 정신이 번쩍 들었다. 갑자기 날개와 다리에 통증이 밀려와서 잠시 휘청거렸다.

"이오, 일단 착륙해."

"아니야, 지금 날갯짓을 멈추면 다시 날지 못할 것 같아."

"그럼, 동쪽 습지로 날아가. 거기서 우리를 기다려. 내가 아이들 데리고 곧 뒤따라갈게."

"그러기엔 너무 위험해."

"아니야, 이번엔 내가 엄마 노릇을 할 차례야. 나를 믿어."

이오는 눈을 질끈 감았다. 미오가 아이들을 잘 키울 것이란 믿음도 없었지만 다음 일은 상상도 하기 싫었다.

"알았어. 나도 곧 몸이 회복되면 돌아올게."

"그래, 몸조심해."

미오와 첫 번째 남편은 왔던 길을 되돌아갔다. 이오는 그들을 되돌아볼 여력이 없었다. 금방이라도 바닥으로 곤두박질 칠 것 같았다. 이오는 다시 죽을힘을 다해 날개를 움직였다. 어느새 하늘은 폭풍우를 몰아칠 준비가 끝났다. 언제라도 비바람이 불어올 것 같았다.

이오는 쉬지 않고 날갯짓을 했지만 태양이 두 번 떠오르면 도착했을 동쪽 습지가 나타나지 않았다. 비바람이 계속 뒤에서 쫓아오는 바람에 이오는 계속 날갯짓만 했다.

뒤에서 불어오는 바람 덕분에 나는 것은 한결 편했지만 어디서 멈춰야 할지 몰랐다. 집을 떠나 이렇게 오랫동안 날아 본 적도 없었다. 처음엔 아이들과 아내 생각이 많았지만 지금은 살아야겠다는 생각뿐이었다. 날아온 길을 뒤돌아보면 새카만 구름과 무섭게 휘청거리는 나무들밖에 보이지 않았다. 구름에 가려진 태양은 벌써 몇 번이나 뜨고 졌는지 몰랐다.

"野鸡, 白野鸡(꿩, 흰 꿩이다)."

'탕, 탕!'

이오가 며칠 만에 땅에 내려와 휴식을 취할 때였다. 무언가 날카로운 것들이 주위에 날아왔다. 낯선 습지에 몸을 숨기고 겨우 정신을 차렸을 때 커다란 인간들이 나타났다. 나무 막대기를 들고 이오를 향해 알아들을 수 없는 소리를 하며 따라왔다. 이오는 다시 힘겹게 날갯짓을 했다. 양 날개와 다리는 아직도 욱신거렸다. 이오는 차라리 아이들이 있던 습지로 돌아가야겠다고 마음먹었다.

땅으로 곤두박질치더라도 고향으로 돌아가서 죽고 싶었다.

그런데, 아마도 방향을 잘못 잡았던 것 같다. 며칠 동안 날아온 넓디넓은 땅은 보이지 않고 대신 끝도 없는 바다가 나타났다. 벌써 태양이 여섯 번이나 뜨고 졌다. 몸은 출발할 때보다 가벼워졌지만 제대로 먹지 못해 힘들었다. 그렇다고 지금 날갯짓을 멈추면 이오는 바다에 곤두박질칠게 뻔했다. 눈이 조금씩 감겼다. 안간힘을 쓰고 눈에 힘을 줬다. 수평선 너머로 구름 뭉치 하나가 둥둥 떠 있었다. 그 속에서 하얗고 뽀얀 날개가 보이는 것 같았다. 다시 꿈을 꿨다. 미오의 보살핌으로 어른이 된 아이들이 하얀색 날개를 한껏 펼치고 이오의 옆으로 날아왔다. 이오는 기쁨의 눈물을 흘렸다.

'빵~'

천둥 같은 큰 소리에 놀라 이오는 눈을 떴다. 어느새 바다는 보이지 않고 육지의 한가운데를 날고 있었다. 딱딱한 물체로 만든 것이 땅 위를 달리며 이오에게 큰 고함을 쳤다. 이오는 본능적으로 습지를 찾았다.

그래야만 목숨을 건질 수 있었다.

"뭐야, 못 보던 녀석인데?"

"특이하게 생겼네."

이오가 죽을힘을 다해 도착한 습지에는 다양한 새들이 앉아 있었다. 고향에서 한 번도 보지 못한 큰 새들도 많았다. 그들은 인간들로부터 공격을 받지도 않았다. 많은 인간들이 나타나기는 했어도 습지 안으로 들어오는 일은 없었다. 이오는 다리의 상처가 아물고 빠진 깃털에도 새로운 깃털이 올라오고 있었다. 아이들이 어떻게 됐을지 궁금하고 몹시 보고 싶었지만 태어나서 처음으로 평화로운 마음도 들었다. 그러다가 밤이 되면 외로웠다. 친구와 가족이 없는 낯선 습지는 적막했다.

"혹시 큰 땅 서쪽 습지에 살지 않았나?"

"어떻게 알아요?"

그는 다리와 부리가 기다란 하얀 중대백로였다. 며칠째 혼자 떨어져 지내는 낯선 새가 있다는 소리에 그가 이오를 직접 보러 온 것이다.

"내가 고향으로 돌아가는 길에 잠깐 휴식을 취하는 습지가 자네 습지일세."

"아, 정말이에요?"

"그래. 그런데, 도대체 어찌 된 일이야?"

"저도 모르겠습니다. 그냥 날다 보니 이곳에 도착했어요."

"이 친구야. 여기는 자네 집에서 태양이 여덟 번은 바뀌어야 도착하는 곳이라고."

"여덟 번이요?"

"몰랐나?"

"예. 폭풍에 쫓겨 날다 바다로 날았고 멈추지 못해 이곳까지 왔습니다."

"그나저나 그 몸으로 다시 고향으로 갈 수 있겠나?"

"날 수는 있겠지만 길을 모릅니다. 고향으로 가는 길을요."

"그건 걱정 말게. 때가 되면 나를 따라오게."

"정말입니까?"

"그래, 그동안 체력이나 비축해 둬. 살도 좀 찌우고."

"고맙습니다. 고맙습니다."

이오는 기쁨의 눈물을 흘렸다. 다시 고향으로 돌아갈 수 있다는 생각에 춤이 절로 춰졌다.

연꽃잎 위로 사뿐사뿐 뛰어다니며 한참을 기뻐했다. 그러다 문득 아이들과 아내 생각이 났다. 무시무시한 뱀들의 공격으로부터 살아남았을지. 폭풍의 피해는 없었는지 궁금했다. 그러나 지금은 몸을 회복시키고 건강해지는 것이 목표였다. 이오는 찬바람이 불어오기 전까지 매일 운동하고 영양섭취에 최선을 다했다. 그러는 동안 이오의 꼬리날개는 길고 멋들어지게 자랐다. 목덜미는 노란색 윤기를 머금었다. 그는 비교할 만한 다른 물꿩이 없었기에 스스로가 얼마나 멋있어졌는지 깨닫지 못했다.

드디어 이곳을 떠날 준비를 마쳤다. 날개와 다리의 통증은 사라졌고 어느 때보다 몸이 가벼웠다. 그런데, 습지를 아무리 뒤져도 중대백로의 모습이 보이지 않았다. 잠깐 어디 다니러 간 것이라 생각했는데, 이날을 위해 그토록 열심히 준비를 했는데, 결국 그는 보이지 않았다.

그때 멀리서 하얀색 날갯짓을 하는 한 무리가 나타났다. 이오는 자신의 눈을 의심했다.

그것은 분명 자신의 동족이었다. 물꿩이었다. 그리고 그 무리를 이끄는 우두머리가 눈에 들어왔다. 그녀였다. 이오의 아내 미오였다.

"이오."

"미오."

이오는 대답 대신 눈물을 흘렸다.

"처음엔 이오가 아닌 줄 알았어. 이렇게 멋진 모습을 하고 있을 줄은 몰랐어."

"내가?"

"그래. 당신은 지금 최고야."

"너무 추켜세우지 마. 부끄러워."

"아냐. 지금 고향에선 당신의 무용담이 얼마나 유명한데."

"그게 무슨 소리야?"

"아이들을 구하고 뱀을 따돌린 일 말이야."

"아이들을 구했다고?"

"그래."

"그럼, 우리 아이들이 살아 있다는 얘기야?"

"그렇다니까. 내 뒤를 봐.

미오와 함께 날아온 다섯 물꿩이 모두 그가 목숨 걸고 살린 아이들이었다. 그중의 한 녀석이 이오의 앞으로 다가왔다. 부리에 눈에 익은 물건이 물려 있었다. 바로 그가 뽑아버린 구부러진 깃털이었다.

"아빠, 아빠의 깃털을 물고 이렇게 날아왔어요."

"아빠?"

"그럼요. 우리 다섯의 목숨을 구해 주신 아빠를 보러 여기까지 날아왔어요."

이오는 무어라 말해야 할지 몰랐다. 보잘것없던 몸으로 아이들을 지켜 냈다는 사실과 지금 눈앞에 광경도 아직 실감이 나지 않았다.

"키 큰 중대백로 아저씨가 나를 찾아왔었어."

"어, 거기에 갔었어?"

"가족이 아파서 급하게 먼저 이곳을 떠났대. 그래서 당신한테 아무런 말도 하지 못했다면서. 깃털이 빠진 물꿩을 만났다며 나를 찾아왔었어."

그런데, 미오의 첫 번째 남편이 보이지 않았다.

"그는 도망쳤어."

"뭐?"

"내가 아이들을 품고 폭풍을 견뎌 내는 동안 그는 멀리 달아나 버렸어."

"미안해. 내가 더 강한 아빠였더라면."

"아니야, 당신은 충분했어. 내가 그걸 몰랐을 뿐이지. 이제는 모든 물꿩들이 당신을 알아."

이오는 아이들과 아내와 함께 습지에서 행복한 며칠을 더 보냈다. 그러는 동안 많은 인간들이 습지로 찾아와 알아들을 수 없는 말을 했다.

"경남 창녕의 우포늪에 물꿩이 서식하고 있습니다. 물꿩은 주로 동남아시아와 중국에 서식하는 여름철새로 한국을 찾은 것은 이번이 처음입니다."

이오는 처음으로 인간이 두렵지 않았다. 그들은 주위를 맴돌 뿐 더 이상 가까이 오지 않았다. 이오는 내년에 다시 이곳으로 돌아와도 좋을 것 같았다. 이곳에서 더 건강하고 많은 아이들을 키우고 싶어졌다. 이오와 가족들은 연꽃잎 위로 사뿐사뿐 달렸다. 그리고는 하얀색 날개를 쭉 펴고 하늘로 날아올랐다.

웅덩이의 전설

부드러운 개펄 사이로 민물과 썰물이 교차하는 사이 수많은 생명들이 움트고 사라진다. 남해바다 사천만 어느 곳에 생명의 힘으로 만든 조그만 웅덩이가 하나 있는데, 어느 때부턴가 그곳엔 마르지 않는 샘물처럼 늘 물이 고였다. 가장 많은 바닷물이 빠지는 간조가 되면 그 웅덩이는 사막의 오아시스처럼 목마른 생명들의 안식처가 된다. 웅덩이에는 작은 전설 하나가 있는데 길 잃은 아기 전어 한 마리의 이야기다.

늦여름 어느 날. 개펄 웅덩이 속에 뜻밖의 손님 하나가 있었다.

친구들과 밤새 놀다 지쳐 조류에 몸을 맡긴 채 잠이 든 어린 전어는 웅덩이 속 돌부리에 걸려 그대로 멈춰 버렸다. 눈을 떴을 땐 이미 바다는 사라지고 광활한 개펄만 펼쳐진 뒤였다. 그것도 스스로 알아낸 게 아니라 웅덩이 속에서 나고 자란 따개비가 말해 준 것이었다.

"야, 일어나."

"예?"

"게으른 어린 물고기야. 정신 차려."

어린 전어가 깜짝 놀라 은빛 몸을 파르르 떨었다.

"여기가 어디예요?"

"아이고, 너 이제 큰일 났다."

따개비는 흥분해서 물을 찍찍 뿌리며 소리를 질렀다.

"일 년에 한두 번 너처럼 생각 없는 아이들이 여기에 갇히는데, 제발 생각이라는 걸 좀 하고 살아."

"갇히다니요. 제가요?"

"그래, 여기는 개펄 한가운데 있는 웅덩이야."

어린 전어는 머리를 들어 밖을 보고 싶었지만 물 밖으로는 뭔가를 본 일이 없어서 두렵기만 했다.

"밖에는 물이 없어."

"근데 아저씨는 돌에 콕 박혀 있으면서 어떻게 그렇게 잘 알아요?"

따개비는 어린 전어에게 물을 찍 쐈다.

"어린 녀석이 어른 말 하는데 의심이나 하고 말이야. 어른이 그렇다면 그런 거야. 다 네 생각 해서 말해 주는 거란 말이야."

"뭘 그리 흥분하고 그러나?"

두 눈을 길쭉하게 뽑아 들고 회색 등껍질을 한 칠게 한 마리가 웅덩이 속으로 쑥 들어왔다. 그의 몸에 붙은 진흙이 웅덩이 속에서 유유히 벗겨지자 새하얀 칠게의 배가 드러났다.

"아니, 저 어린 물고기가 지금 얼마나 위험한지도 모르고 말대꾸나 하고 있으니 화가 나서 말이야."

칠게는 뭔가 깊은 생각에 잠긴 듯 집게다리 두 개를 비볐다. 그건 마치 어떤 신을 믿는 모습처럼 경건해 보였다.

"내가 이 개펄을 오랫동안 돌아다녀 봤는데, 이 웅덩이는 말이야…."

칠게가 뜸을 들이자 긴장한 따개비가 또 물총을 쏘며 호들갑을 떨었다.

"이 웅덩이는 이 세상의 중심이라서 온갖 생물들이 모여들어. 그래서 네 목숨이 매우 위험하다는 말이야. 나도 진흙으로 온몸을 가리고 돌아다녀. 그래야 새들이 보지 못하거든."

칠게의 두 눈이 하늘을 향했다. 물 밖 하늘에는 어느새 이름 모를 새 두 마리가 웅덩이를 동그랗게 돌며 날고 있었다.

어린 전어는 온몸에 공포가 밀려오는 게 느껴졌다. 아가미 아래의 짧은 지느러미가 떨렸다. 그 바람에 반짝이던 비늘 하나가 몸에서 떨어져 웅덩이 바닥으로 가라앉았다. 전어는 하늘 위 새를 본 뒤로는 최대한 은빛이 드러나지 않게 몸을 바로 세웠다.

"그렇지. 몸을 최대한 숨겨야 해."

"따개비 아저씨."

"응?"

"저 말고도 여기 갇힌 물고기가 있었다고 했죠?"

"어, 그, 그랬지."

"그 물고기들은 어떻게 됐어요?"

"어, 그거 나도 잘…… 기억이 안 나."

따개비 위로 커다란 그림자 하나가 나타났다. 어린 전어는 놀라 물을 꼴깍 마셨다. 시커먼 물체는 미끄러지듯 웅덩이 속으로 들어왔다. 맑았던 물이 순식간에 흙탕물이 됐다. 한 치 앞도 볼 수 없는 시간이 길어지자 전어는 두려움에 휩싸였다.

"너처럼 운 없는 물고기들은 모두 이곳에서 죽었어."

웅덩이 속을 울리는 목소리가 전어에게 천천히 다가왔다.

"대부분 새들에게 잡혀가지만 가장 무서운 게 뭔지 알아?"

흙탕물 속에서 어린 전어 앞으로 갑자기 입을 커다랗게 벌리고 튀어나올 것 같은 두 눈을 가진 물고기 한 마리가 나타났다.

"여긴 인간들이 드나드는 웅덩이야."

진흙이 바닥으로 천천히 가라앉자 짱뚱어 한 마리의 온전한 모습이 드러났다.

"휴~ 난 또 누구라고."

어린 전어는 안도의 한숨을 쉬었다. 짱뚱어는 큰 눈을 치켜들
며 은빛 찬란한 어린 연어의 몸을 천천히 훑었다.

"일 년 중에 지금이 전어에겐 가장 건강한 때라서 문제야. 새나
인간이나 너희들 잡으려고 난리잖아."

"네."

어린 전어는 고개를 푹 숙였다.

"그걸 아는 녀석이 여기서 이러고 있으면 어째?"

짱뚱어는 햇빛에 어린 전어의 은비늘이 반사될까 봐 연신 큰
지느러미를 펄럭였다. 그럴 때마다 바닥에 깔린 진흙이 전어를
숨겨 줬다.

"고마워요, 아저씨."

"내가 이렇게 해 줄 수 있는 것도 잠시뿐이야. 새들의 눈을 가
려 줄 수는 있지만 인간들을 피할 방법이 없어. 여길 탈출하는 방
법밖에 없다는 말이야."

"여길 탈출해요?"

"그래."

"또, 또, 그 소리."

그 소리를 듣고 있던 따개비와 칠게가 동시에 소리쳤다.

"어린 물고기들이 여기 갇힐 때마다 그 소리를 했지만 여기서 탈출한 물고기는 없었잖아."

따개비가 물을 뿜으며 말했다.

"그렇다고 이 어린 녀석을 죽게 할 수는 없잖아."

"너처럼 지느러미가 크고 개펄을 뛰어 다닐 수 있는 물고기나 가능한 일이지. 저 어린 전어가 어떻게 개펄을 빠져 나가?"

칠게가 집게발로 짱뚱어의 크고 넓은 지느러미를 가리켰다. 어린 전어의 눈에도 평소엔 볼품없어 보였던 짱뚱어의 몸매와 지느러미가 멋들어져 보였다.

"어, 어떻게 하면 돼요?"

어린 전어는 짱뚱어에게 바짝 다가갔다.

"어떻게 하면 아저씨처럼 움직일 수 있는지 알려 주세요."

"어, 어. 알았어."

어린 전어의 결정에 논란 건 짱뚱어뿐만이 아니었다.

수많은 물고기들이 짱뚱어처럼 뛰거나 기어서 이곳을 탈출 할 수 없다고 생각해서 새들의 밥이 되거나 인간에게 잡혀 갔다. 칠게와 따개비는 어린 전어가 어쩌면 이곳을 탈출할 수 있을지도 모른다는 생각을 했다.

시간이 얼마나 흘렀을까. 드디어 밀물이 시작됐다. 칠게와 따개비는 어린 전어가 안전하게 훈련할 수 있도록 웅덩이에 물을 뿌리고 진흙을 건드려 흙탕물을 만들었다.

왜가리 한 마리가 습관처럼 웅덩이로 날아들었다. 흙탕물 속을 부리로 휘저었다. 어찌나 과격한지 짱뚱어의 몸뚱이가 부리에 긁혀 상처가 났다. 부리에 촉감을 느낀 왜가리가 더 날카롭게 웅덩이를 뒤졌다. 어린 전어와 짱뚱어는 곧 왜가리의 먹이가 될 처지였다.

"휘이~"

무시무시한 인간의 목소리가 들려왔다.

"휘이, 휘이~"

커다란 그림자를 드리운 한 인간이 왜가리의 부리처럼 긴 팔을 휘저으며 웅덩이로 다가왔다. 왜가리는 놀라 서둘러 하늘로 날아올랐다.

가까스로 목숨을 건진 두 물고기는 웅덩이 바닥으로 최대한 몸을 숨겼다. 칠게와 따개비도 너무 놀라 더는 움직이지 않았다. 인간은 움직이는 모든 생명에게 위험했다.

인간은 천천히 웅덩이로 다가와 가만히 서서 흙탕물이 맑아지기를 기다렸다. 웅덩이 옆으로 밀물이 다가왔지만 웅덩이가 바닷물 속으로 사라지기엔 아직 시간이 많이 남아 있었다. 파도의 일렁이는 소리가 웅덩이 속으로 퍼졌다. 짱뚱어는 본능적으로 바다와 웅덩이의 거리가 멀지 않다는 걸 알 수 있었다.

"이 정도 거리면 탈출할 수 있어. 하지만 저 인간이 저렇게 버티고 있으면 그건 불가능한 일이야. 연습한 대로 지느러미를 아가미 밑에 밀착시키고 있는 힘껏 바닥을 들어 올리는 거야. 딱 열 번만 하면 돼. 알겠지?"

"네."

어린 전어는 바닥에 지느러미를 붙이고 최대한 흙탕물을 만들어 냈다. 짱뚱어도 조금씩 몸을 움직여 웅덩이 속을 더 흐리게 만들었다.

"바닥에 뭐가 있나?"

갑작스런 흙탕물을 본 인간이 어린 전어가 있는 쪽으로 손을 뻗었다. 괴물 같은 손이 웅덩이 속으로 쑥 들어오던 순간, 칠게가 집게손가락으로 인간의 살을 꼬집었다.

"앗, 따가."

논란 인간이 손을 빼자 따개비가 인간의 눈에 물을 쐈다. 인간은 두 손으로 눈을 비비며 개펄로 벌러덩 넘어졌다.

"지금이야."

짱뚱어의 신호에 어린 전어는 그를 따라 웅덩이 밖으로 튀어올랐다. 짱뚱어는 단 한 번에 바다 속으로 풍덩. 전어는 훈련한 대로 지느러미를 바닥에 대고 힘껏 들어올렸다. 한 번, 두 번, 세 번. 몸이 갸우뚱 하더니 넘어질 뻔했다. 다행히 네 번, 다섯 번, 여섯 번, 일곱 번 만에 드디어 전어의 입으로 바닷물이 쏟아져 들어왔다.

파드닥. 어린 전어는 햇빛에 온몸을 드러내고 은빛 지느러미를 한껏 뽐내며 그대로 바다 속으로 사라졌다.

탈출한 어린 전어가 그 뒤로 어떻게 살았는지 아무도 모르지만 그를 기억하는 웅덩이 속 생명들은 오늘도 웅덩이에 갇힌 어린 청어 한 마리에게 전설을 들려주고 있다. 몸에 영광의 상처를 지닌 짱뚱어 한 마리가 청어에게 소리쳤다.

"포기하지 않으면 너도 살 수 있다. 자, 따라 해라. 살 수 있다."

"사, 살 수 있다."

칠게 한 마리와 따개비 한 개가 약속이나 한 듯 웅덩이 속을 흙탕물로 만들었다.

바꿀까 말까

'쓱싹쓱싹.'

별일이 아닌 줄 알았는데 별일이 됐다.

토요일 아침, 우리 집에 분노의 톱질 소리가 울려 퍼졌다.

나이 사십이 넘어서도 덜렁거리는 아들이 방문턱에 왼쪽 엄지 발톱을 찧고 결국 그 발톱이 빠졌는데, 이제는 그 발가락에 새로 난 발톱이 내성발톱이란다.

생각할수록 속이 상해서 그 방문턱을 잘라 내는 톱질을 시작했다. 아들은 제 어미 힘들까 봐 또 그걸 뺏어 들고 제법 능숙하게 잘라 내는 중이다.

"그냥 새집으로 이사 갈까?"

심술이 난 할미 말에 기특한 손녀가 제 방에서 동전이 꽉 찬 돼지저금통을 들고 나오더니 제 아빠에게 슥 내민다.

"이거 보태서 사."

"아이고, 내 새끼."

제 딸의 볼에 연신 볼을 비비던 아들은 갑자기 눈물을 글썽인다.

"아빠 왜 울어?"

"아, 아니야. 그냥 우리 예지가 너~무 예뻐서 그래."

"내가 또 저금통에 동전 가득 채워서 줄게."

"아니야, 예지 용돈은 예지가 써야지. 아빠가 돈 더 많이 벌어서 우리 새 아파트로 이사 가자."

"아빠, 나는 우리 집 좋아."

"이 낡은 아파트가 뭐가 좋아?"

"비밀이야."

우리 집엔 비밀도 참 많다.

방문턱이 사라진 날 밤, 우연히 그 비밀 하나가 내 방으로 흘러들어왔다.

"여보, 나 회사 관둘까?"

"부장이 또 괴롭혀?"

"이번에는 중국에 석 달을 들어갔다 오라네."

"석 달씩이나?"

"출장 갈 사람이 없다고 나보고 가라는데, 왜 어려운 일은 나한테만 떠맡기는지."

"어디 다른 데 갈 데 없을까?"

"솔직히 잘 모르겠어."

"아휴, 내가 속이 타네."

"미안해. 당신한테까지 이런 걱정하게 해서."

"아니야. 나도 요즘 우리 사장님이 경기 안 좋다고 매일 한숨 쉬는 바람에 나까지 불안해."

"에잇, 석 달 그까짓 거 참지, 뭐."

"사랑해. 여보 힘내."

아들 부부가 부둥켜안고 뽀뽀하는 소리까지 듣게 되는 건 참 난처한 것이지만. 평소 어려운 이야기는 잘 안 하는 아들의 고민을 들은 건 또 나쁘지 않았다.

문턱 아래 부분이 썩어 있었다. 곰팡이 냄새 나는 나무를 걷어 냈는데도 냄새는 며칠이 지나도 없어지지 않았다.

"냄새 없애려면 이 숯을 깔아."

옆집 이순이 할멈이 신문지에 돌돌 말아 온 숯을 펼쳤다. 지난해 이순이 할멈도 우리처럼 문턱을 잘라 냈는데 숯을 바닥에 깔아서 냄새를 없앴단다.

"영숙이 할멈은 좋겠다."

"뭐가?"

"새집에 이사 가니까. 이런 궁상은 안 떨어도 되잖아."

"곧 입주한다지?"

"두어 달 있으면 한다네. 돈 많은 자식이 아파트도 사 주고 우리 영숙이는 좋~ 겠다."

손에 묻은 숯을 닦아 내는 이순이 할멈의 입에서 부러움의 한숨이 흘러나왔다.

"미국에 있는 자식은 자주 보지도 못하는데 좋기는 뭐가 좋아."

"그래도 나는 죽기 전에 새집에서 살아 보고 싶네."

나도 지은 지 삼십 년이 넘은 아파트를 팔고 으리으리한 새 아파트로 가고 싶다.

돈이 없으니 숯처럼 속만 새카맣게 탄다. 나도 모르게 이순이 할멈처럼 말끝에 한숨을 쉬었다.

석 달이 참 더디게도 지나갔다. 다음 주에 드디어 아들이 집에 온단다. 그 새 계절이 바뀌어 선선한 바람이 불어왔다. 문득 아들 발톱이 생각나서 모퉁이 약국에 들렀다.

요즘 약국엔 없는 게 없다. 장난감도 있고 예지가 좋아하는 만

화영화 주인공이 그려진 밴드도 있다. 조약돌이 박힌 지압슬리퍼에 발도 한번 넣어 봤다.

약사에게 아들 부부에게 먹일 피로회복제와 내성발톱에 바르는 약을 주문했다.

"어르신 발톱에 바르시게요?"

"아니요, 우리 아들."

"근데, 이 약 하나 바른다고 발톱이 낫지는 않아요."

"그래요?"

"아드님이 어떤 일을 하세요?"

"보통 현장직이라고 부르는 일을 하지요."

"음, 그러면 안전화라는 신발을 오래 신겠네요."

"아, 그래 안전화 신는다고 했어요."

"그쪽 일 하시는 분들이 가끔 발톱무좀이나 내성발톱 때문에 저한테 오거든요. 근데, 안타깝지만 신발을 매일 소독하거나 자주 신발을 바꿔서 신지 않으면 이런 약품들은 별로 효과가 없어요."

"그런가요?"

"발톱 때문에 직장을 바꿀 수는 없잖아요?"

약사 양반이 웃으며 하는 말이 어찌 그리 야박한지 서러움이 확 밀려왔다. 갑자기 눈물이 맺혀서 급히 그것을 훔치고 나오는

데 문 앞에 영숙이가 떡하니 서 있었다.

　우리는 함께 단골 잔치국수집에 들어갔다. 영숙이와는 한 동네
서 태어내서 칠십년 넘게 친구로 지내 온 터라 서로 얼굴만 봐도
무슨 생각을 하는지 대충 안다.
　"예지 아빠는?"
　"다음 주에 온대."
　"잠시 오는 거야?"
　"그렇다네."
　"여전히 힘들다는 소리 안 하지?"
　"응."
　"너희 남편 먼저 가고 예지 아빠가 고등학교 마치자마자 가장
노릇 한다고 얼마나 고생했니?"
　"국수 먹어. 식는다."
　"티비에서 보니 참는 것도 습관처럼 내성이라는 게 생겨서 그
렇다고 하더라."
　"내가 이참에 다시 시장에 나갈까?"
　"한 푼이라도 더 보태려고?"
　"내 새끼 불쌍해서 그래. 없는 집에 태어나서."

"물론 돈도 중요하지만, 나는 그래도 네가 부럽다."

"뭐가?"

"나는 혼자 살잖아. 나는 혼자 편한 거 보다 속 시끄러운 게 더 그리워."

반도 못 먹은 국수는 우리 눈처럼 퉁퉁 불었다. 우리는 둘이 손 잡고 어린 시절부터 걸었던 동네를 한 바퀴 돌았다.

계절이 바뀌는 바람에 예지 콧물이 또 말썽이다. 오후에 아이를 이비인후과에 데리고 갔다.

"눈물 콧물이 범벅이네."

"네, 선생님. 저 좀 살려 주세요."

"그러면, 이번엔 약을 좀 바꿔 볼까?"

"약을요?"

"우리 몸은 내성이라는 게 있어서 같은 약을 계속 복용하면 효과가 점점 떨어져요. 그래서 예전에는 지금 약이 예지한테 도움이 많이 됐겠지만 지금은 덜 할 거야."

"맞아요."

"예지 코를 바꿀 수 없으니 약이라도 바꿔 봐야지."

"선생님, 저는 예쁜 코로 바꾸고 싶어요."

예지의 코를 바꾸고 싶다는 희망사항 이야기는 오랜만에 집에 온 아들의 안줏거리로 제격이었다. 집안은 한바탕 웃음잔치가 열렸다.

아들이 일했다는 중국의 거대 조선소는 장강이라는 큰 강을 따라 배를 타고 꼬박 하루를 달려야 도착한다고 했다. 말도 안 통하는 곳에서 일하느라 아들의 얼굴이 홀쭉해져 안쓰러웠다.

"엄마, 생각해 보세요. 한강이 서울에서 제주도까지 연결되어 있으면 얼마나 크겠어요? 나중에 꼭 같이 가 봅시다."

"그래, 그것보다 발톱은 좀 어때?"

"괜찮아요."

"자, 이거 나중에 발라 봐."

"뭔데요?"

"약국에서 하나 샀는데 발톱에 바르는 약이라네."

"와~ 우리 엄마 최고."

늘 무뚝뚝하던 아들이 예지가 태어난 뒤부터 부쩍 저런 말도 할 줄 안다. 문득 며칠 전 영숙이가 했던 말이 생각나 새삼 우리 가족이 함께 있는 지금이 참 좋았다.

아침에 현관 문 앞에 선 아들의 뒷모습이 심상치 않았다. 신발을 신지 못하더니 결국 바닥에 주저앉았다.

"왜 그러냐?"

"엄마, 발이 아파서 회사를 못 가겠어요."

목소리엔 어색한 웃음이 섞여 있었지만 얼굴은 통증으로 일그러져 있었다. 아들의 왼쪽 양말을 벗겼더니 엄지발가락이 퉁퉁 부어 있었다.

"엄마, 미안해요. 엄마가 사 준 약은 아무 효과가 없어요. 너무 아파요."

아들의 퉁퉁 부운 발이 어찌나 불쌍한지. 부족한 살림을 넉넉히 하려고 힘든 일 궂은 일 마다하지 않고 매일 서 있는 아들을 떠받치느라 이리도 퉁퉁 부었을까.

엄지발톱이 파고든 자리는 고름이 차 있었다. 그 발을 두 손으로 어루만졌더니 아들이 그만 대성통곡을 했다.

내 앞에서 한 번도 그런 모습을 보이지 않았는데 어린 아이처럼 목 놓아 우니 나도 울고 며느리도 따라 울었다.

옆집 이순이 할멈이 우리 집 현관문을 두드리며 "무슨 일이냐?"고 난리를 쳤다.

그 소란에 잠이 깬 예지가 눈을 비비며 한다는 말이.

"아빠, 발을 새 걸로 못 바꾸면 회사를 바꾸면 되지. 나도 새 코 대신 약을 바꿨더니 비염이 싹 나았어."

지난밤 웃고 떠들었던 그 코 이야기 때문에 우리 식구는 한바
탕 울다 웃었다. 문을 두드리던 이순이 할멈이 웃음소리를 듣고
는 투덜거리며 돌아갔다.

　겨울이 되자 아들은 예지의 말처럼 발 대신 회사를 바꿨다.

　"예지 아빠는 스카우트가 됐다며?"

　"월급도 올랐대. 그래서 저 노인네가 매일 웃고 다니는가 봐."

　"자네는 자식 복이 있어. 예지가 우리 손녀한테 그랬대. 할머니
랑 같이 살아서 너무 좋다고."

　영숙이의 신축 아파트 집들이에 갔더니 친구들이 내 새끼들에
더 관심이 많다. 나는 영숙에게 집들이 선물로 갑 티슈 한 묶음을
슥 내밀었다.

　"축하하네."

　"나도 축하하네."

　내성이라는 말을 이런데 갖다 붙여도 될지 모르겠지만 웃음에
도 내성이 생긴 건지 요즘엔 별일 아닌 것에도 웃음이 난다.

호랑이 쇼호의 친구

　인도네시아의 수마트라 섬에는 평화로운 정글이 하나 있어요. 그곳에는 우리가 보호해야 할 신기하고 희귀한 동물들이 살고 있어요. 그런데 어느 날부턴가 안경 쓴 수마트라호랑이 쇼호가 아주 난폭하고 신경질적으로 변했어요. 동물원에서 탈출해 이곳으로 온 쇼호는 친구가 없었어요. 그래서 쇼호가 도대체 왜 그렇게 화를 내는지 아무도 몰랐어요.

　"지난번에 내가 외나무다리를 지나다가 그 호랑이 녀석 어깨를 실수로 살짝 쳤거든. 아 그랬더니 버럭 화를 내면서 발톱을 딱 보여 주는 거야. 너희들 호랑이 발톱 봤어? 못 봤으면 말을 하지 마. 어휴, 얼마나 무서웠는지 몰라."

　멧돼지 메티는 아직도 그때가 생각이 나는지 몸을 파르르 떨면서 말했어요. 바닥에 코를 비비던 수마트라코뿔소 수리야도 거들었어요.

"웬만한 동물들은 내 뿔만 봐도 긴장을 하거든. 봐, 굉장히 뾰족하잖아. 근데 그 녀석은 그런 게 전혀 없어. 안경 너머로 째려보는 그 눈빛. 그것 때문에 나도 모르게 콧대가 콱 주저앉는다니까."

"그 뿔 혹시 장식용 아냐?"

손가락으로 몸을 긁던 오랑우탄 라우안이 느릿한 말투로 말했어요.

"야, 더럽게 긁지 말고 계곡에서 좀 씻어."

수리야가 뒷걸음질치며 말했어요.

"나도 씻고 싶은데 마샤가 계곡에서 그 호랑이를 봤대. 마샤는 오늘도 계곡에 갔나?"

라우안은 털 속에서 이를 잡아내면서 말했어요. 말레이시아 사향고양이 마샤는 오늘도 정글에서 가장 깨끗한 물을 마시기 위해 깊고 깊은 계곡에 간 모양이에요.

"으아아아아아아아~ 원숭이 떨어진다."

모두들 깜짝 놀라 뒷걸음질쳤어요.

'쿵.'

흰손긴팔원숭이 리오가 나무에서 뚝 떨어졌어요. 다행히 메티가 파 놓은 푹신한 흙더미 위로 떨어졌어요. 그런데 리오는 한 손에 썩은 넝쿨을 잡고는 꼼짝도 하지 않았어요.

"얘는 도대체 나무에서 왜 떨어지는 거야? 비슷하게 생긴 라우 안이 설명 좀 해 봐."

수리야가 뾰족한 뿔로 리오의 엉덩이를 콕콕 찌르면서 말했어요.

"무슨 소리야. 쟤랑 나랑은 완전히 달라. 잘 봐." 하면서 라우안 은 뒤돌아섰어요.

"봤지? 잘 보라고, 얼굴도 털색도 달라. 알겠지?"

"……."

메티와 수리야 눈에 오랑우탄과 흰손긴팔원숭이는 비슷하게 생겨서 형제처럼 보였어요. 라우안은 손으로 나무 꼬챙이를 쥐 고 리오의 엉덩이를 '쿡쿡' 찔렀어요. 그러자 리오가 파리를 쫓듯 썩은 넝쿨로 나무 꼬챙이를 밀어냈어요.

"부끄러워서 그러는 거지? 그래. 알았어, 우리가 자리를 비켜 줄게."

친구들이 모두 떠난 것을 확인한 리오는 바닥에서 천천히 일어 났어요.

"아휴, 창피해. 원숭이가 나무에서 떨어졌다고 소문내면 어떡 하지?"

사실 리오에게는 아무도 모르는 비밀이 하나 있었어요. 언젠가

부터 시력이 나빠져서 앞이 잘 보이지 않고 모든 게 뿌옇게 보였어요. 긴 팔을 이용해 정글의 이곳저곳을 자유롭게 날아다녔던 리오는 썩은 넝쿨을 잡는 바람에 몇 번이나 바닥으로 떨어졌어요.

리오는 오늘도 계곡 근처에만 자라는 맛있는 바나나를 먹으러 가던 길이었어요.

다행인지 불행인지 리오는 난폭한 쇼호에 대해선 아무것도 모른 채 다시 굵고 튼튼한 넝쿨을 골라잡고는 하늘로 뛰어올랐어요.

맑은 물이 흐르는 정글 속 계곡에 무지개가 떴어요. 시원한 폭포수가 분무기처럼 물을 퍼뜨리는 계곡 근처에 노랗게 익은 바나나가 주렁주렁 열렸어요. 바나나 나무 아래에도 노랗고 동그란 엉덩이가 보이네요. 그런데 노란 엉덩이에 검은색 줄무늬도 보여요.

이런, 난폭하기로 소문난 그 수마트라호랑이예요. 육식을 하는 호랑이가 바나나를 먹고 있어요. 무슨 일일까요?

"여기 바나나는 정말 달콤해. 동물원에서 먹었던 그 맛이랑 똑같아." 하고는 벌써 열 개째 바나나를 먹고 있어요. 쇼호가 커다란 앞발로 바나나 나무를 탁 치자 잘 익은 바나나가 바닥으로 '후드득' 떨어졌어요. 그리고 또 앞발로 나무를 탁 치고는 쇼호가 갑자기 비명을 질렀어요.

"악, 또 가시에 찔렸네. 벌써 몇 개째야?"

바나나를 좋아하는 독특한 수마트라호랑이는 남들이 모르는 고통이 있었어요.

바나나 나무를 휘감은 가시넝쿨 때문에 쇼호의 앞발바닥에 날카로운 가시가 몇 개씩 박혀 있었어요. 손가락이 없는 쇼호는 가시를 빼내지를 못해서 항상 짜증이 나고 신경질적이었어요.

바로 그때였어요.

"으아아아아아~ 원숭이 또 떨어진다."

또 썩은 넝쿨을 잡은 리오가 하늘에서 떨어지며 소리쳤어요. 너무 순식간에 벌어진 일이라 쇼호는 피하지도 못했어요.

'털썩.'

'쿵'이 아니라 '털썩' 하는 소리가 났어요. 리오는 이번에는 바닥이 아니라 쇼호의 푹신한 등 위에 떨어졌어요.

"어라? 뭐지, 이 고급스럽고 편안한 느낌은?"

쇼호의 등에 올라탄 리오는 어리둥절했어요.

"야, 내려와."

리오는 깜짝 놀라 바닥으로 내려왔어요. 쇼호는 화가 잔뜩 나서 리오의 얼굴에 날카롭고 무시무시한 발톱을 드러냈어요. 그런데 눈이 나쁜 리오는 그게 뭔지도 모르고 동그랗고 노란 호박 같은 그것을 한참 동안 보고 있었어요.

"고마워. 누군지 모르겠지만 넌 생명의 은인이야."

쇼호는 자신의 날카로운 발톱에 겁을 먹지 않는 원숭이 때문에 당황했어요. 마침 계곡에 맑은 물을 마시러 온 마샤가 둘의 모습을 멀리서 보고 있었어요.

"저렇게 용감한 원숭이는 처음이야, 대박!"

마샤는 동물 친구들에게 이 소식을 알려 주려고 정글 속으로 재빨리 달렸어요.

"저기, 난 리오라고 해. 넌 이름이 뭐니?"

"나? 난 쇼호라고 해."

"쇼호? 처음 들어 보는 이름이네."

"그럴 거야. 난 얼마 전에 동물원에서 탈출해서 이곳으로 왔어."

"정말? 인간들 때문에 고생이 많았겠구나. 어쨌든 반가워, 친구야."

쇼호는 친구라는 말 때문에 놀랐어요. 정글로 도망친 뒤로 누구도 자신과 놀아 준 친구가 없었거든요.

"그런데 넌 왜 나무에서 떨어진 거야?"

"사실, 나 눈이 나빠서 그래. 그리고 이건 비밀이야. 원숭이가 나무에서 떨어지는 것만큼 부끄러운 게 없어."

"그래? 그럼 나도 비밀 하나 알려 줄까? 나도 바나나를 좋아하는 안경 쓴 육식동물이야."

"육식동물?"

"어. 무섭지?"

쇼호는 리오가 놀랄까 봐 자신이 호랑이라는 사실은 말하지 못했어요. 리오는 갑자기 나무를 타더니 맛있게 익은 바나나를 땄어요.

"이거 먹어 봐. 쇼호가 어떤 동물이든 나처럼 바나나를 좋아하면 그걸로 된 거야."

리오는 손으로 바나나 껍질을 벗겨서 쇼호에게 건넸어요.

"고마워, 리오."

쇼호와 리오는 바나나를 맛있게 나눠 먹으며 내일 아침에도 이곳에서 만나기로 약속했어요.

한편, 정글 친구들은 난리가 났어요. 원숭이 리오가 난폭한 호랑이의 등에 올라타서 싸웠다는 소문이 금방 퍼졌어요. 마샤가 전해 준 이야기가 너무 충격적이었거든요.

"정말이야. 내가 이 두 눈으로 똑똑히 봤어. 리오가 호랑이 등에 올라탔다니까."

"혹시 말이야. 리오가 그때 바닥에 떨어져서 머리가 이상한 거 아닐까?"

심각한 표정으로 라우안이 말했어요.

"아냐, 리오는 내가 파 놓은 부드러운 흙 위에 떨어져서 다치지 않았다니까."

메티는 또 습관처럼 코로 땅을 파기 시작했어요.

"지금 땅이나 파고 있을 때가 아냐. 리오의 목숨이 걸린 문제 라고."

그때였어요.

"이야아아아아아아~ 친구들, 나 왔어."

리오가 튼튼한 넝쿨을 타고 친구들 곁에 도착하자 라우안이 달 려갔어요.

"형, 괜찮아?"

"아까는 전혀 다른 동물이라며, 그리고 언제부터 형이라고 불 렀어?"

코뿔소 수리야가 라우안의 엉덩이를 뿔로 쿡 찔렀어요.

"무슨 일이야? 이렇게 다 모여 있고."

"진짜야? 진짜로 그놈이랑 싸운 거야?"

라우안이 리오에게 어깨동무를 하며 물었어요.

"무슨 소리야?"

"혹시 계곡에서 나 못 봤어?"

"아, 마샤구나. 넌 덩치가 작아서 잘 안 보여. 거기 있었어?"

"그래, 얼마나 무서웠다고."

"친구랑 같이 있었는데 뭐가 무서워?"

"친구라고?"

친구들이 같은 목소리로 말했어요.

"왜들 그렇게 놀라?"

"어떻게 친구가 될 수 있어, 누구랑 있었는지 제대로 알기나 하는 거야?"

코뿔소 수리야는 코가 막혔어요. 성질이 그렇게 포악한 호랑이와 친구가 됐다는 말을 믿을 수가 없었어요.

"당연하지. 새로 사귄 친구는 동물원에서 탈출했고 이름은 쇼호야."

"그러니까, 그 쇼호가 호랑이라는 걸 알고 있냐고?"

"뭐? 호…… 호랑이?"

친구들은 리오에게 쇼호가 그동안 정글에서 친구들을 괴롭힌 이야기를 들려 줬어요. 또 외지에서 흘러들어 온 동물과는 거리를 두는 게 좋다고 말해 줬어요. 하지만 리오는 그런 말 따위는 듣고 싶지 않았어요.

"너희들, 왜 새로 사귄 친구를 나쁘게 말하는 거야?"

리오가 버럭 화를 냈어요.

"내가 만난 쇼호는 그런 친구가 아냐. 비록 호랑이라는 사실은 좀 충격적이지만 나한테 얼마나 친절했다고." 하고는 나무 위로 뛰어 올라갔어요.

"모두, 내일 아침에 계곡으로 와. 쇼호가 나쁜 친구가 아니라는 걸 보여 줄게."

리오는 친구들에게 그렇게 소리치고는 집으로 돌아왔어요. 하지만 리오는 마음이 편하지 않았어요. 쇼호가 호랑이라서 겁도 났지만 친구들이 모두 쇼호를 나쁘게 말해서 더 불편했어요. 친구들 말처럼 쇼호가 정말 나쁜 호랑이라면 어떻게 해야 할지 고민이 됐어요.

밤이 깊어도 잠을 자지 못하는 건 쇼호도 마찬가지였어요. 어렵게 사귄 친구에게 자신이 호랑이라는 사실을 말하지 않은 게 마음에 걸렸어요. 그렇게 리오와 쇼호는 밤새 한숨도 자지 못했어요.

드디어 다음 날이 되었어요. 아침이 되자 계곡은 싱그러운 풀 냄새와 새들의 노랫소리로 평화로웠어요. 쇼호는 아침 일찍 리 오에게 줄 선물을 챙겨서 계곡에 도착했어요. 다른 친구들은 아 무도 오지 않았어요.

"어, 벌써 왔네. 친구."

넝쿨을 잡고 나무에 매달린 리오는 아무 말이 없었어요.

"내려와서 이거 한 번 써 봐."

쇼호는 자신의 안경을 벗어서 바닥에 두었어요. 리오는 천천히 나무에서 내려와 쇼호의 안경을 썼어요. 그랬더니 뿌옇던 앞이 선명하게 밝아지고 모든 것이 뚜렷하게 보였어요.

"우와. 이거 정말 최고야. 이제 전부 잘 보여. 고마워, 쇼호."

그런데, 리오는 그만 바닥에 주저앉아 버렸어요. 쇼호의 진짜 모습을 본 리오는 식은땀이 나고 다리에 힘이 풀려 버렸어요.

"미안해. 쇼호가 호랑이라는 사실은 어제 친구들한테 들었는 데, 그래도 내 눈으로 이렇게 가까이서 호랑이를 보니까 무서워."

"이해해. 나도 그동안 정글 친구들한테 잘못을 많이 했어. 내가 리오의 친구들과 어울리기는 힘들 거야. 어쨌든 잘 보인다니 다 행이야. 나는 그걸로 됐어."

"잠깐만, 안경을 나한테 줘 버리면 너는 어떻게 해?"

"난 이제 안경은 필요 없어. 너처럼 나무를 탈 일도 없고. 사실 그 안경은 동물원에 있을 때 쓰던 거야. 불구덩이 쇼를 하는데 눈이 나빠서 매번 털을 태웠거든. 그랬더니 사람들이 씌워 준 거야. 어쨌든, 그럼 잘 지내."

쇼호는 앞 발바닥을 흔들며 작별인사를 했어요. 그 모습을 자세히 보고 있던 리오가 갑자기 쇼호의 앞발을 붙잡았어요.

"잠깐, 이게 다 뭐야?"

리오는 안경을 쓰고 쇼호의 앞발에 박혔던 가시들을 모두 뽑아 냈어요.

'뾱, 뻑, 뿍, 뼝, 뽕.'

"으흥~ 으흐흐흐어흥."

리오가 가시를 모두 뽑아 주자 쇼호는 정글의 모든 동물들이 다 들리도록 큰 소리로 울부짖었어요.

"친구야. 정말 고마워. 진짜 시원해. 이쪽 발바닥에 가시도 좀 뽑아 줄래?" 하고는 다른 쪽 발바닥도 내밀었어요. 리오는 쇼호의 발바닥에 박힌 가시를 하나하나 꼼꼼하게 뽑아 주었어요.

리오에게 발바닥에 박힌 가시 때문에 쇼호가 예민하게 굴었던 일을 듣고는 쇼호의 등에 올라탔어요.

쇼호는 리오를 등에 태우고 리오가 알려 주는 방향으로 뛰어다

넀어요. 만나는 모든 동물 친구들에게 사과하고 리오가 자신의
발바닥에 있던 가시를 뽑아 준 이야기를 들려줬어요. 그 덕분에
정글 속 친구들은 쇼호와 리오의 비밀을 모두 알게 됐어요.

리오는 쇼호 대신 나무에서 맛있는 바나나를 따 주고 쇼호는
리오를 등에 태우고 수마트라 섬의 정글을 신나게 달렸어요.

물개 미소

　내가 인간들의 말을 알아들을 수 있는 이유는 모르겠지만 세상
엔 설명할 수 없는 기적 같은 일들이 가끔 일어난다.

　그날 폭풍우 치던 밤처럼.

　나에게 인간들의 말은 물개들이 하는 말과 다를 게 없지만, 내
말을 인간들이 알아듣지는 못한다.
　인간들의 말을 잘 알아듣는 것 덕분에 나는 우리 수족관의 '마
스코트'다.
　마스코트라는 말의 뜻은 정확히 모르지만 사람들은 내 이름 앞
에 그 마스코트라는 말을 꼭 붙였다. 아마도 우리 수족관에서 가
장 인기 있는 물개를 말하는 것 같다.
　"톰, 너는 우리 수족관의 마스코트니까 더 잘해야 돼."

내가 갓난아이였을 때부터 나를 돌봐 준 여자 사육사는 웃으며 내게 말했다. 그녀의 포근한 토닥임과 환한 미소가 좋아서 나는 그 표정을 자주 따라 하곤 했다.

사육사가 내게 박수를 시키면 앞발을 서로 맞부딪쳤다. 코로 공을 튕겨 내거나 숫자의 순서를 기억해서 덧셈과 뺄셈의 정답을 맞히면 수족관엔 사람들의 환호성과 박수소리가 넘쳐 났다. 나는 그 보답으로 신선한 생선을 배불리 먹을 수 있었다.

우리 수족관에는 '제리'라고 불리는 물개가 하나 더 있는데 그는 내가 태어나기 전, 이곳의 마스코트였다.

나이가 많은 제리는 이제 공을 코로 받지 못한다. 눈이 잘 보이지 않는다고 했다. 공을 골대에 집어넣는 건 불가능해서 이젠 내 공연에 함께 나와 박수만 쳤다. 그래도 그것 하나만큼은 내가 아는 동물 중에 최고였다.

"멋진 물개 박수는 미소가 중요해. 바로 이렇게."

제리 아저씨는 어색하기 짝이 없는 미소를 지었다. 이빨을 최대한 드러내고 입도 크게 벌렸다. 입으로는 괴상한 소리도 냈다.

"으엉, 오웅웅."

"그 미소는 누구한테 배운 거예요?"

"당연히 내 담당 사육사한테 배웠지. 꽤 괜찮은 인간이었어. 그 사람도."라고 말하며 제리는 파도 소리가 들려오는 쪽으로 천천히 고개를 돌렸다. 파란 하늘이 눈에 들어왔지만 수족관 담장에 막혀 그 너머 바다는 볼 수가 없었다.

"바다에서 잡혀 이곳으로 끌려왔을 땐 얼마나 무서웠겠어?"

"그 사육사는 괜찮은 사람이었다면서요?"

"나에게 잘해 줬지. 그러니까 내가 그 사람의 미소를 따라 한 거고. 하지만 그는 떠났잖아. 나는 아직도 여기 갇혀 있는데. 물론 너는 여기서 태어나서 잘 모르겠지만 나에겐 자유롭던 바다의 기억이 고스란히 남아 있단 말이야."

"……"

"미안, 내가 또 바다 이야기를 했구나. 나이가 드니까 자꾸 옛날 생각이 나서 말이야. 미소는 인간에게서 배운 거지만 자유는 원래부터 내 거였으니 듣기 싫어도 참아 줘."

제리 아저씨는 기억력이 참 좋았다. 관객석에 앉은 인간들이 예전엔 어디쯤 앉았다거나 꼬마가 어른처럼 큰 키로 자라서 다시 수족관을 찾아온 것도 곧잘 기억했다. 오늘은 그 중에 한 남자 아이를 턱으로 가리켰다.

"한동안 안 보이더니, 제법 어른처럼 자라서 왔구나."

그는 관객석의 인간들이 모두 빠져나갈 때까지 꼼짝도 하지 않고 앉아 있었다.

"아저씨, 저 인간이 이쪽으로 와요."

제리 아저씨는 긴장된 듯 앞발을 조금씩 비비며 그를 기다렸다. 조심스럽게 주변을 살피며 우리 쪽으로 다가온 그는 내 사육사를 잘 아는 듯 그녀와 깊은 포옹을 나눴다.

그는 떨리는 손을 제리 아저씨에게 내밀었다. 악수라는 걸 하고 싶은 것 같았다. 제리 아저씨도 앞발을 하나 내밀었다.

"제리, 많이 보고 싶었어. 너무 오랜만이라 날 기억할지 모르겠네. 난 마크 사육사의 아들이야."

'마크'라는 말을 들은 제리 아저씨가 몸을 움찔거렸다. 그 순간 제리 아저씨의 무언가가 그 인간에게 넘어간 듯 그의 목소리가 떨렸다.

"아빠를 따라서 여기 와서 너와 참 많이 놀았는데, 벌써 시간이 이렇게 지나 버렸네. 내 말을 네가 알아듣지 못하겠지만 아빠가 너에게 꼭 전해 달라는 말이 있었어."

그는 그 말을 전해 달라는 것처럼 나를 쳐다보며 말을 이었다.

"아빠는 며칠 전에 죽었어. 세상을 떠나기 전에 아빠는 제리에게 미안하다는 말을 꼭 전해 달라고 하셨어. 충분히 널 자유롭게 해 줄 수 있었는데 그러지 못했다고."

그 말을 끝으로 그는 한참을 더 제리 아저씨의 앞발을 붙잡고 서 있었다.

내 사육사가 그를 밖으로 불러내 둘은 한참 더 이야기를 나눈 뒤 수족관을 빠져나갔다. 인간들이 사라지자 제리 아저씨가 내 쪽으로 다가왔다.

"뭐라고 하는지 알아들었어?"

"마크라는 인간은 알아요?"

"그럼, 내 사육사 마크잖아."

"그 인간이 죽었대요."

"아, 그런 느낌이 들었어."

"그리고 그 마크가 미안하다는 말을 해 달라고 했대요."

"음…… 그 정도는 나도 느꼈어."

"어떻게요?"

"그건 말이 통하지 않아도 알 수 있는 거야. 나를 쳐다보던 저 인간의 눈빛이 파도에 부서지는 물 알갱이처럼 빛났잖아."

제리 아저씨는 마크의 아들이 지나간 쪽을 향해 작별인사를 하듯 가장 어색하고 큰 미소를 지어 보였다. 눈에는 그 인간의 눈처럼 물 알갱이가 빛났다.

제리 아저씨는 그 날 후로 점점 약해져 갔다. 정어리는 잘 먹지도 않고 공연장엔 모습도 드러내지 않았다.

"아저씨, 이것 좀 먹어요."

신선한 정어리를 몇 마리 골라 내밀었지만 힘없이 드러누운 아저씨는 깊은 한숨만 쉬었다.

"요즘에는 옛날 기억이 더 많이 나. 네가 태어나던 날도 기억나고. 내가 살던 고향의 바다 냄새, 친구들과 범고래를 피해 도망 다녔던 날들도 선명해."

나는 제리 아저씨를 잃을까 봐 덜컥 겁이 났다.

그런데, 수족관도 뭔가 불안한 냄새가 났다. 최근에 관객이 점점 줄어들더니 공연이 없는 날도 자주 생겼다.

"어린 물개는 다른 데 팔면 값을 잘 받을 수 있겠는데, 늙은 물개는 어렵겠는데요."

처음 보는 인간이 나를 쳐다보며 하는 말이었다. 어두운 옷을 입고 목에 줄도 묶은 차림의 남자는 흙빛 안경도 쓰고 있었다. 그는 정어리 한 마리를 집게로 집은 다음 내게 던졌다.

"저런 상태로 공연이 되겠어요?"

"그럼요. 톰은 사람 말을 알아듣습니다. 매우 똑똑한 물개입니다."

우리 수족관의 대표라는 인간은 더 많은 정어리를 먹고 싶은 물개처럼 그 인간에게 머리를 숙이고 흔들었다.

그 인간이 다녀간 뒤로 더 이상 물개 쇼는 열리지 않았다. 내 담당 사육사마저 나를 끌어안고 한참을 울고는 며칠째 모습을 보이지 않았다.

"톰, 내일 이곳에 폭풍우가 몰려올지도 모른대. 그래서 내가 일부러 수족관 배수로를 잠그지 않았어. 마크가 내게 남긴 말이야. 제리는 분명이 그 말이 무슨 뜻인지 알 거라고 했어."

그 소리를 전해들은 제리 아저씨가 벌떡 일어났다.

"배수로라고?"

"내 사육사가 그렇게 말했어요."

"마크가 배수로로 나가라고 했단 말이지?"

"그게 무슨 의미예요?"

"배수로는 바다로 가는 마지막 문이야."

우리는 사육사가 남겨 놓은 마지막 정어리까지 모두 먹어 치우고 폭풍우를 기다렸다. 달빛도 삼켜 버린 깜깜한 밤이 되자 드디어 거센 비바람이 몰려왔다. 그 속에 신선한 바다냄새가 섞여 있었다.

"톰, 고마워."

"뭐가요?"

"네가 있어서 고마워."

"저도요."

우리는 서로 세상에서 가장 어색한 미소를 지으며 물속으로 뛰어들었다.

수상한
아빠

ⓒ 최은준, 2025

초판 1쇄 발행 2025년 2월 24일

지은이   최은준
펴낸이   이기봉
편집   좋은땅 편집팀
펴낸곳   도서출판 좋은땅
주소   서울특별시 마포구 양화로12길 26 지월드빌딩 (서교동 395-7)
전화   02)374-8616~7
팩스   02)374-8614
이메일   gworldbook@naver.com
홈페이지 www.g-world.co.kr

ISBN   979-11-388-4011-8 (03810)